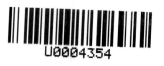

Guess 猜

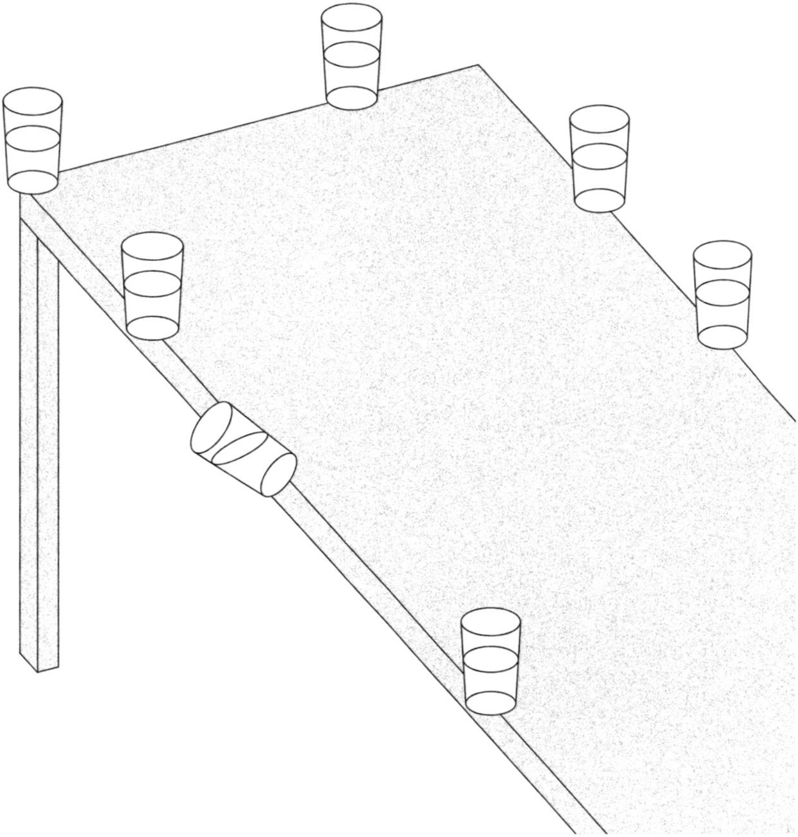

Glasses 杯子

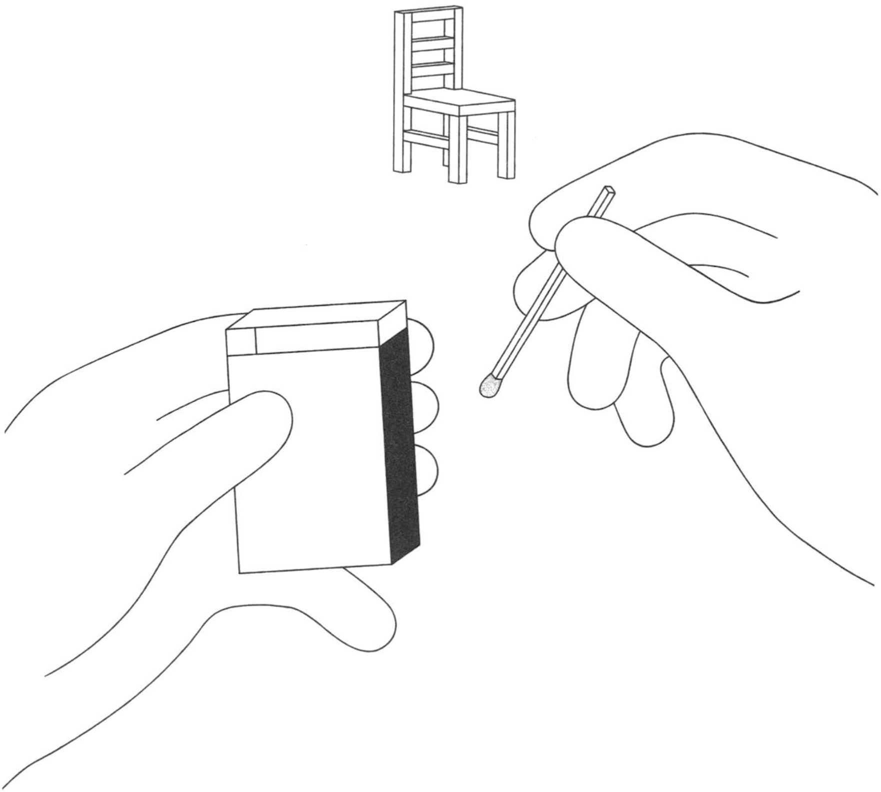

Match　火柴

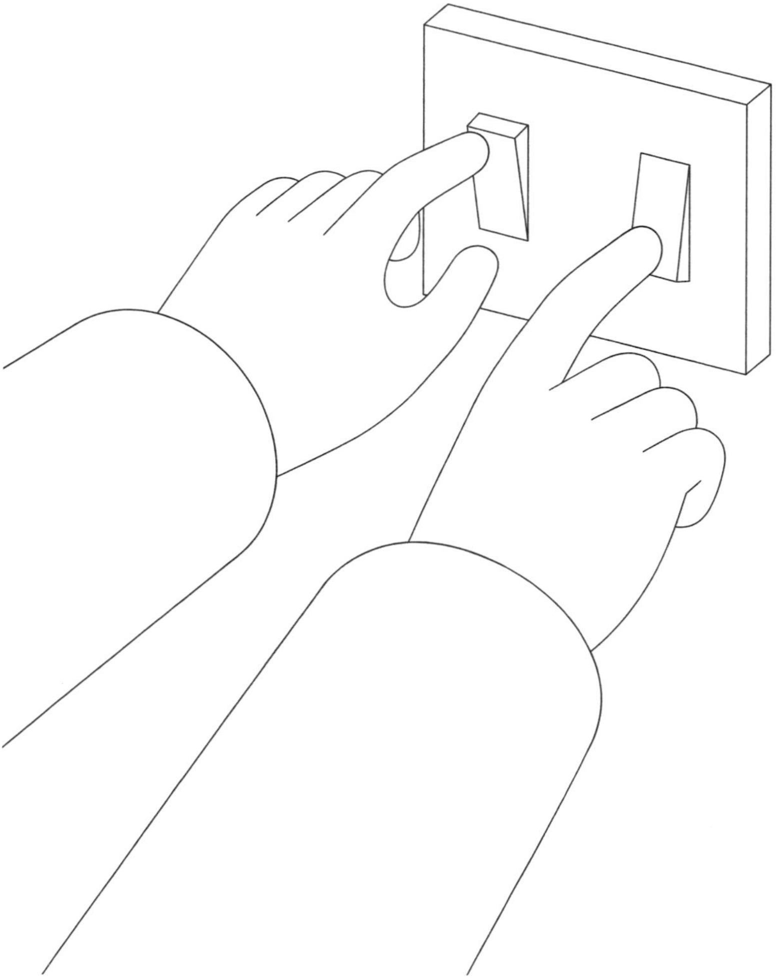

On Off 開關

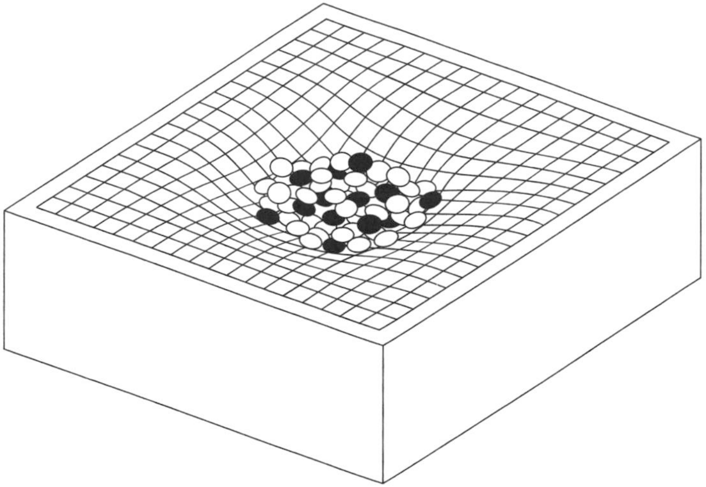

Go Board 棋盤

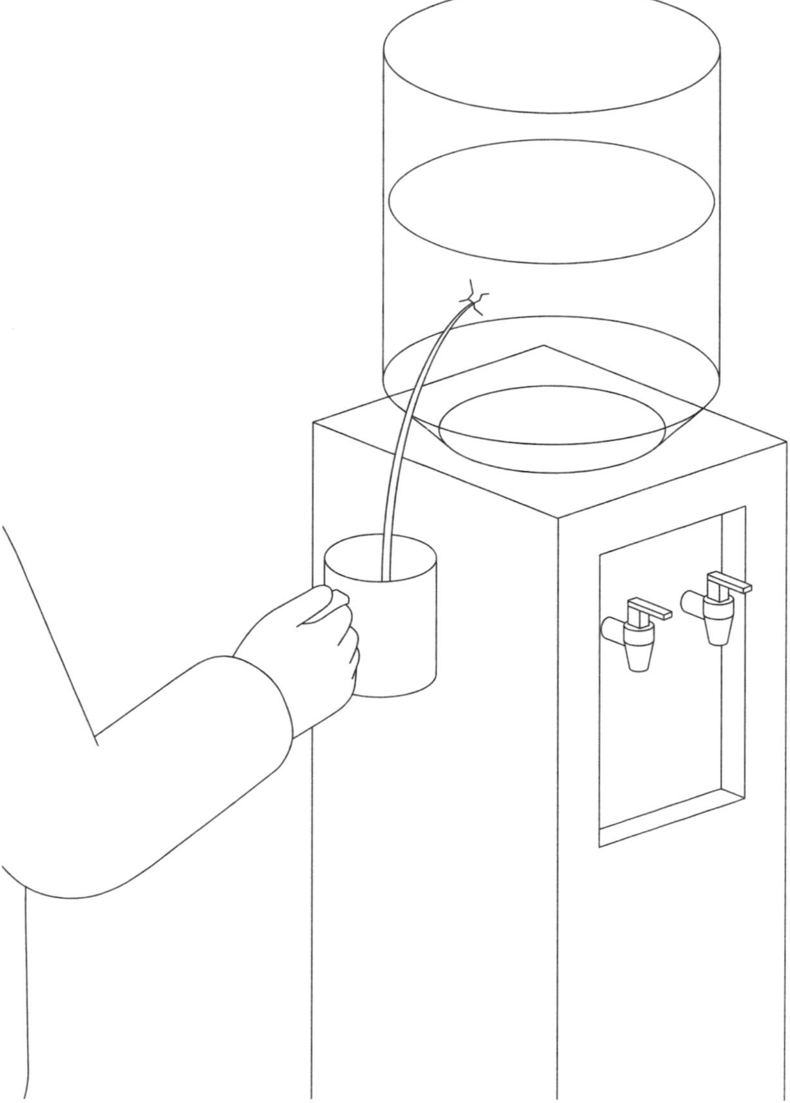

Water Dispenser 飲水機

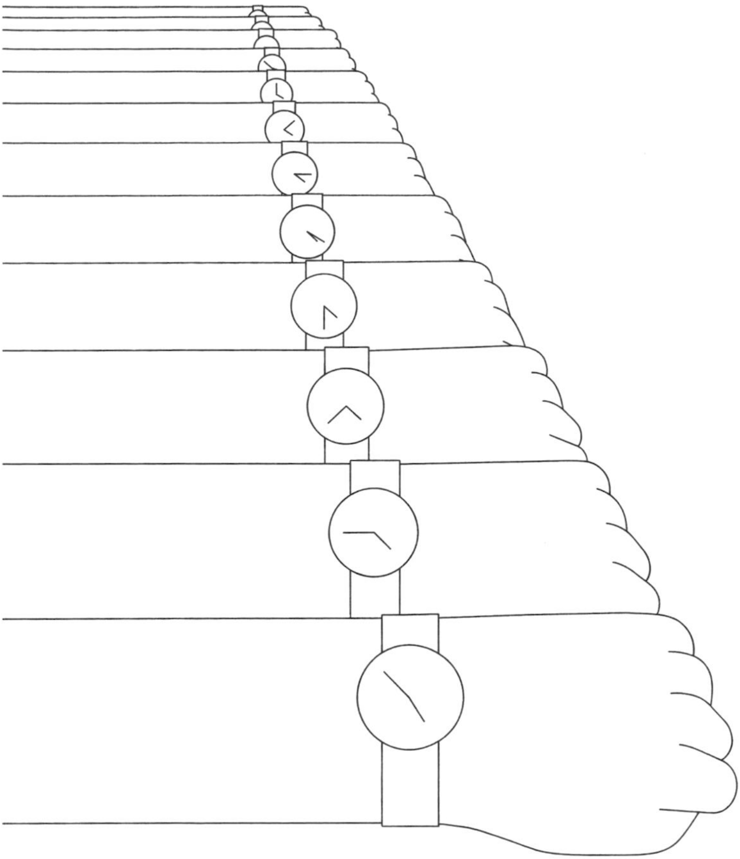

Watch 錶

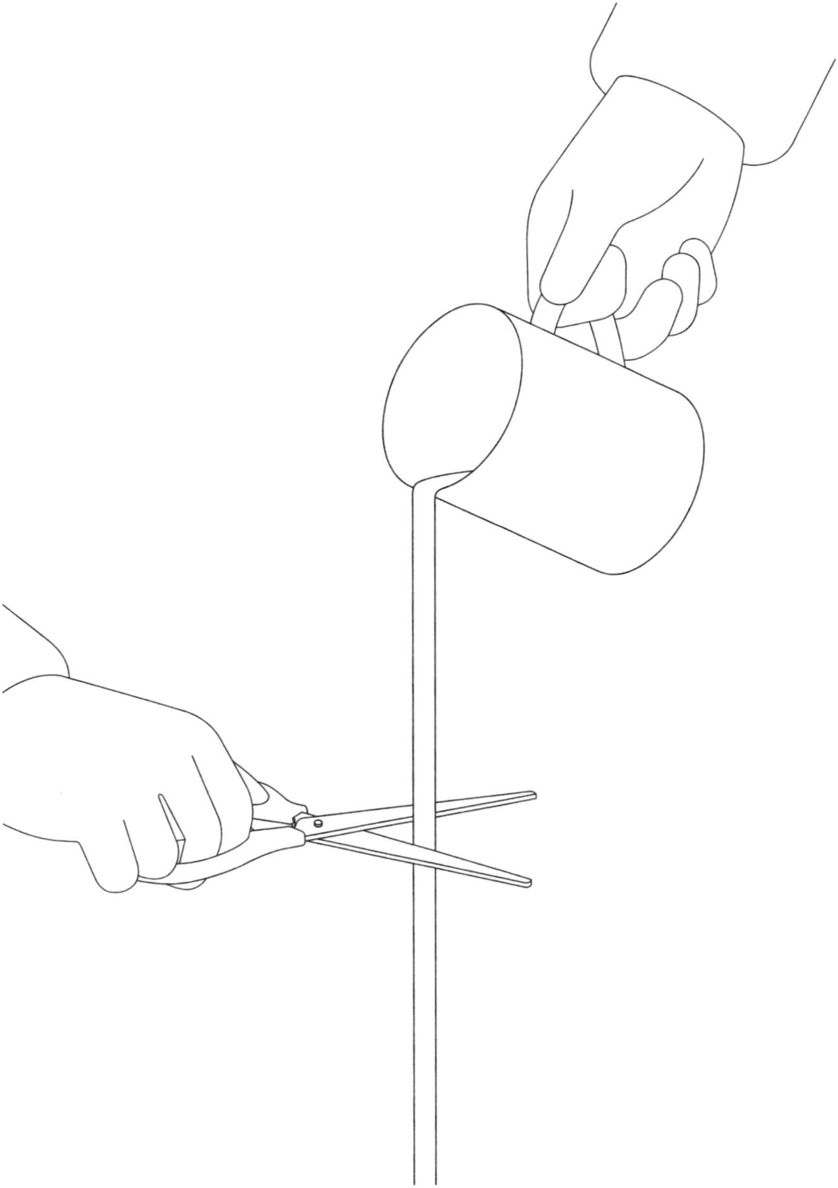

Scissors 剪刀

Brick 磚

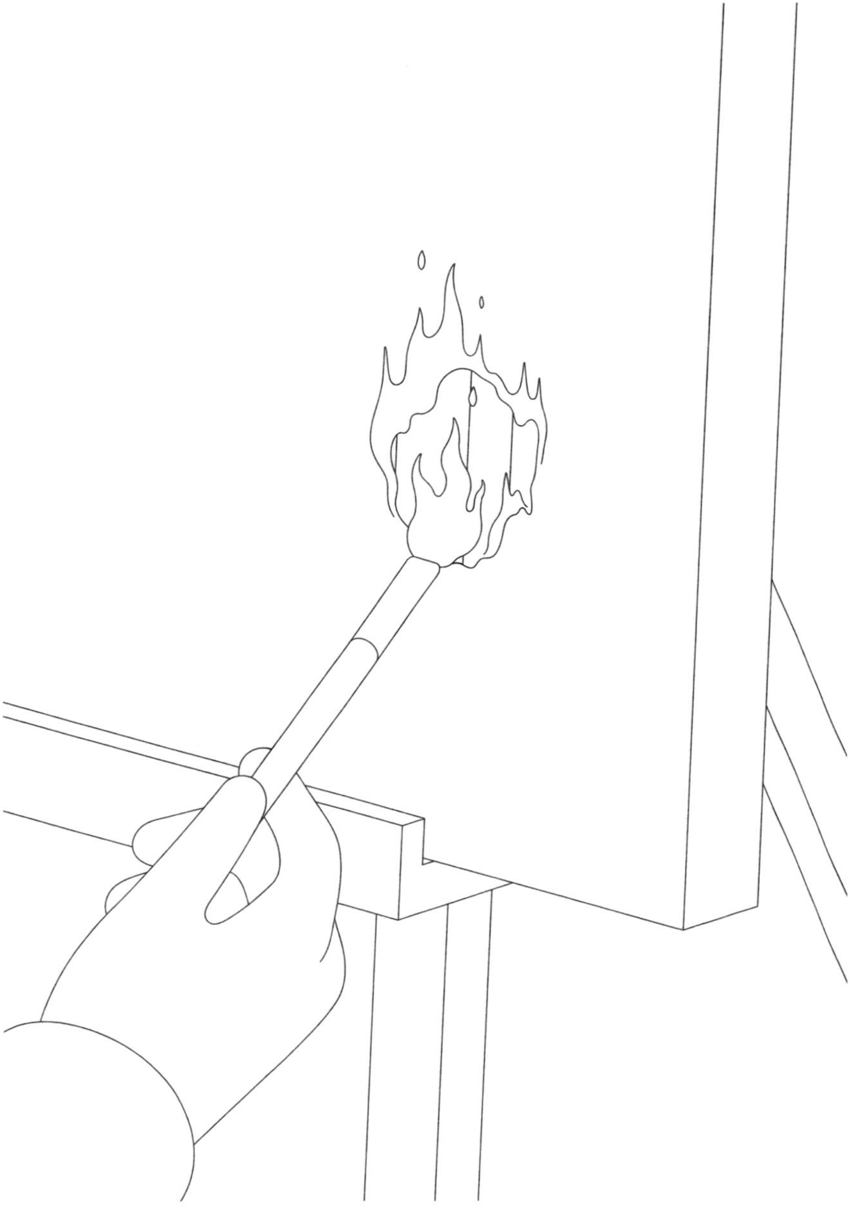

Canvas　畫布

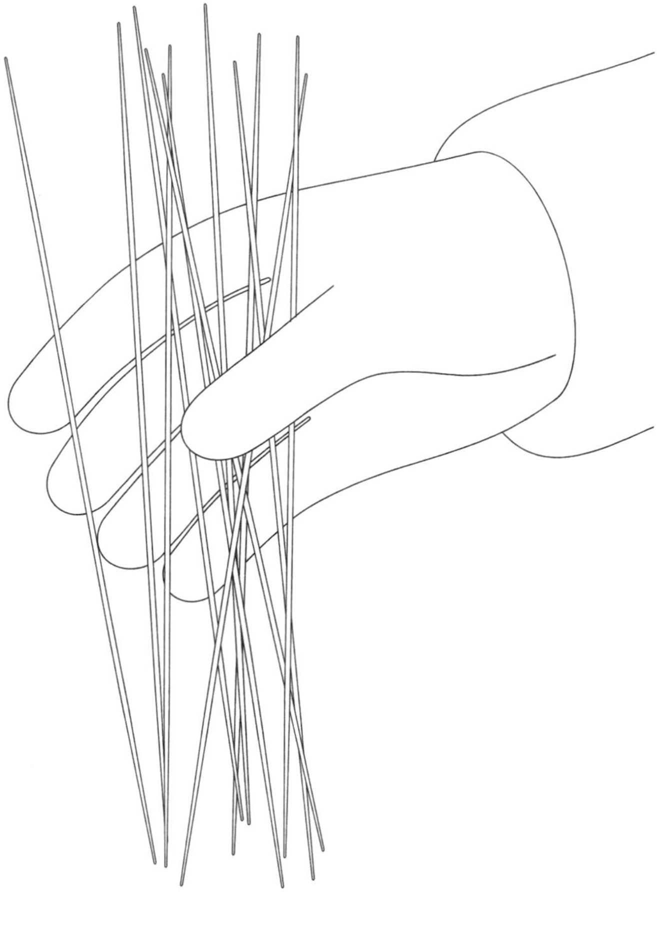

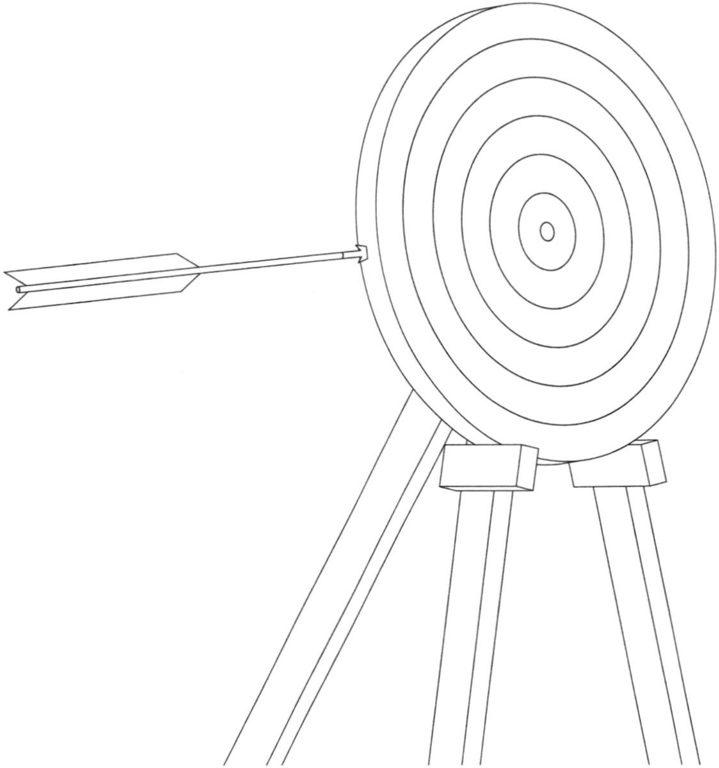

Target 靶子

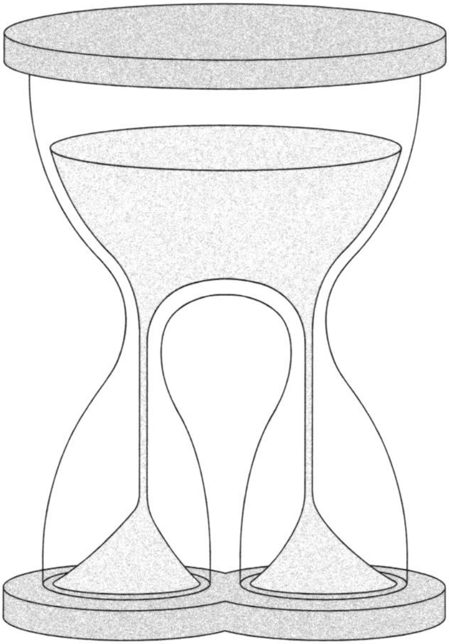

Hourglass 沙漏

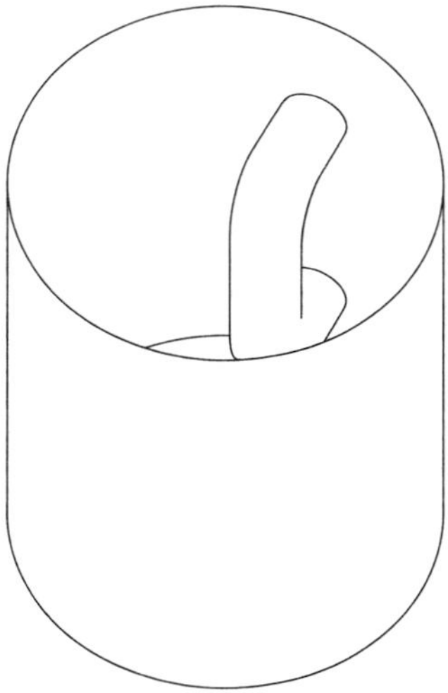

Cup 杯子

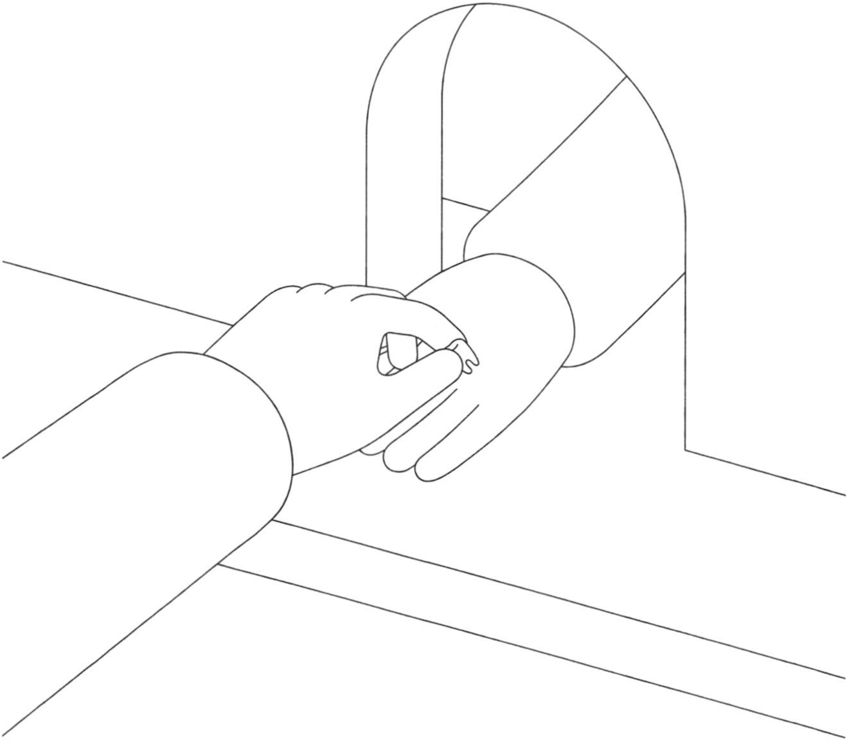

Teeth 牙齒

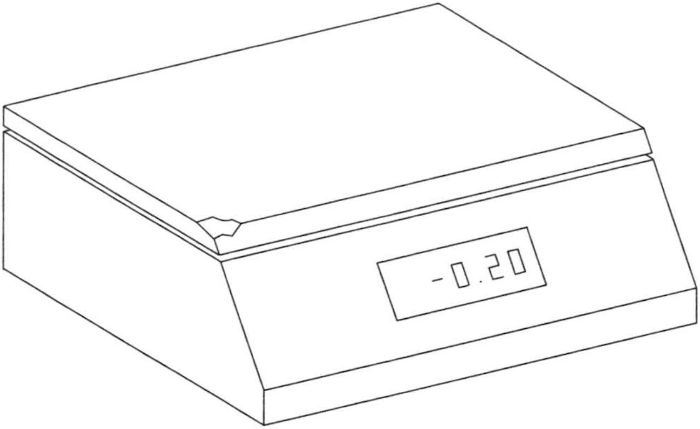


Scale 秤

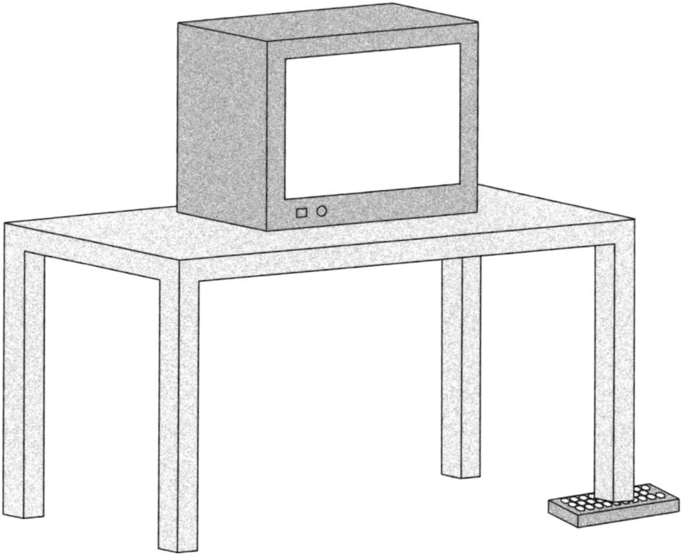

Balance　平衡

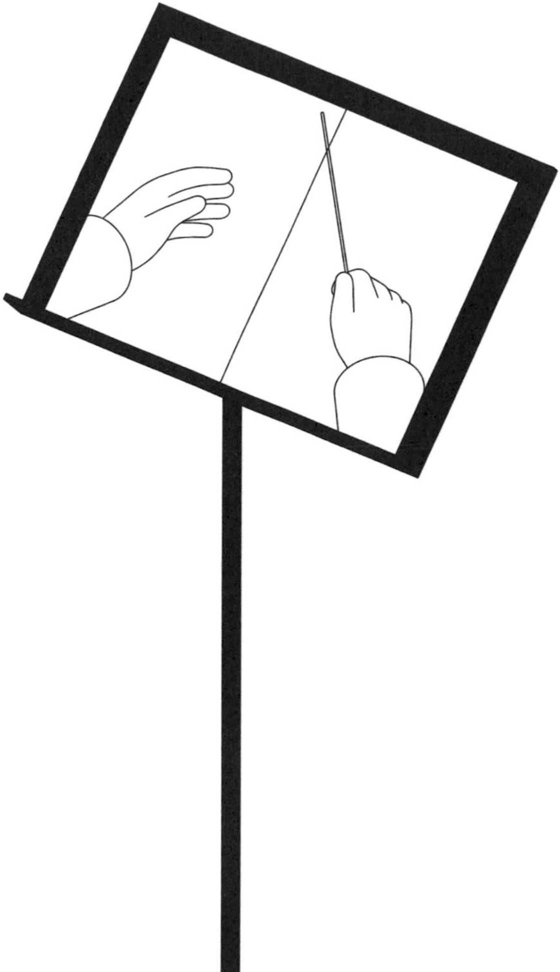

Conductor 指揮

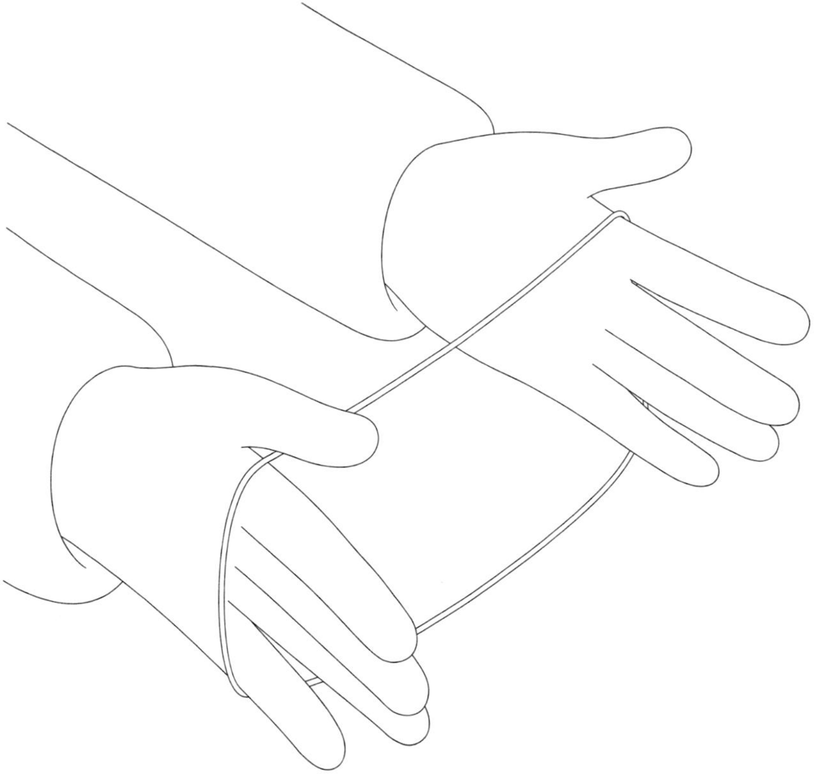

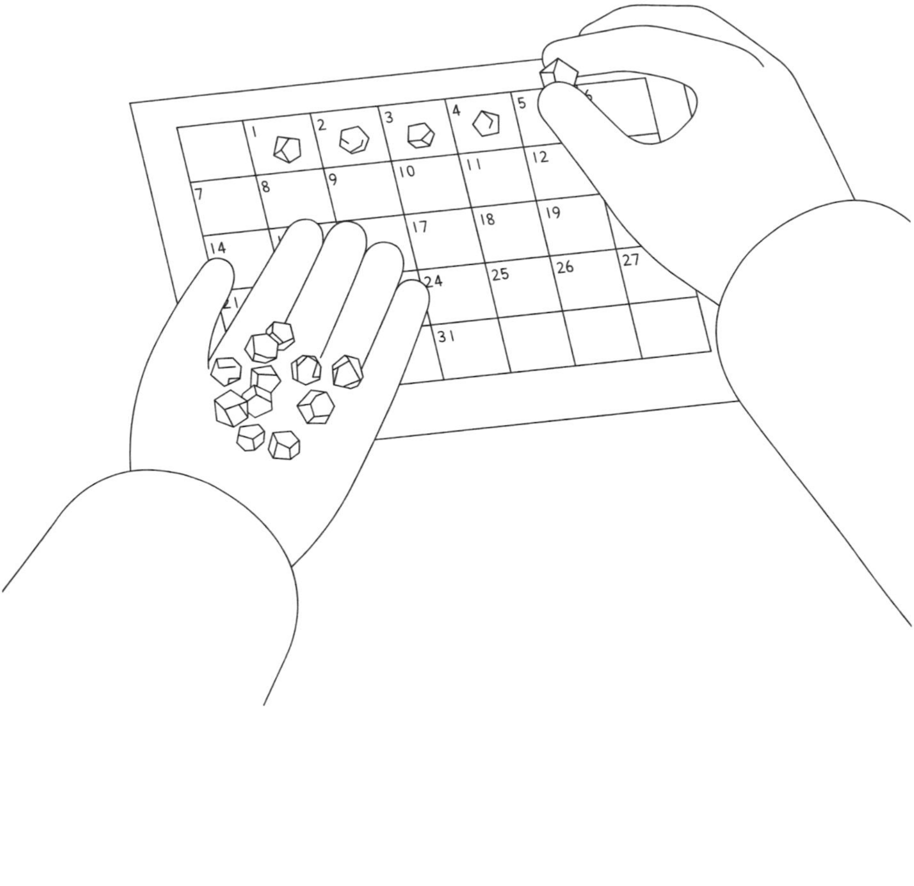


Calendar 日曆

Umbrella 傘

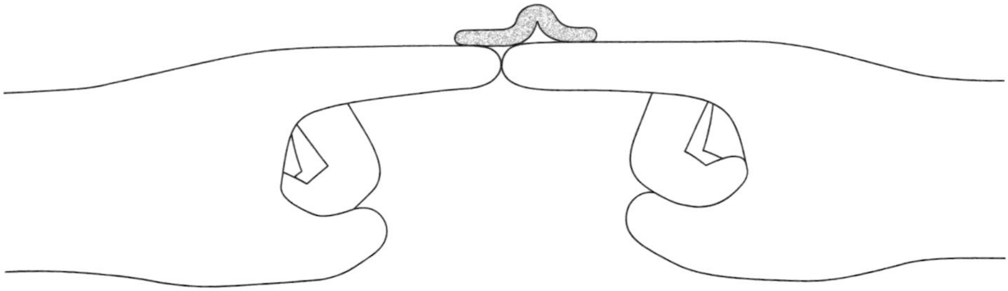

Worm 蟲

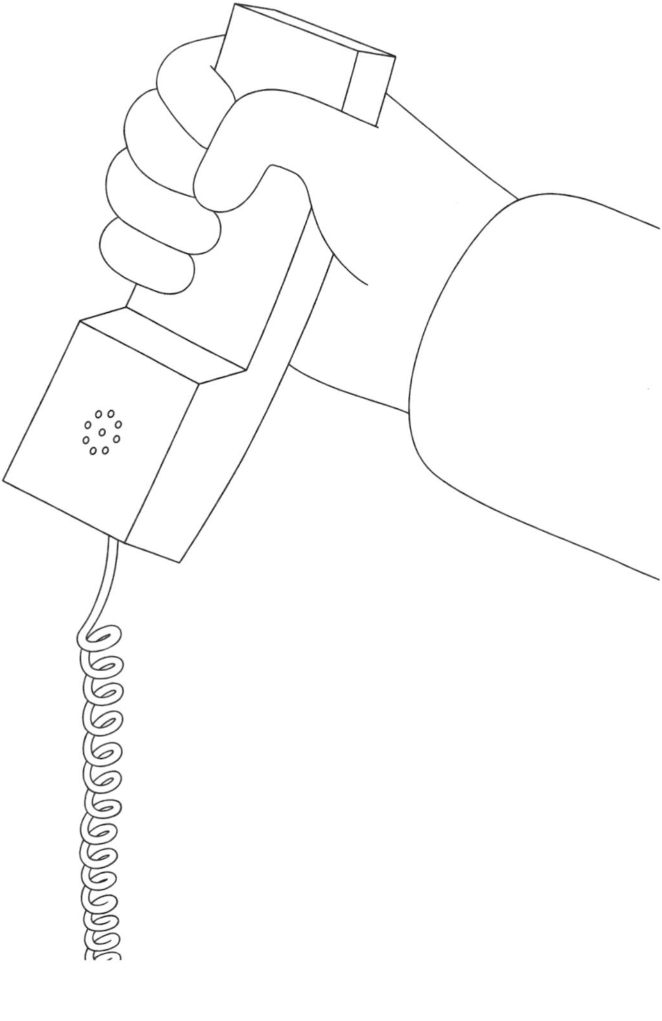

Phone　電話

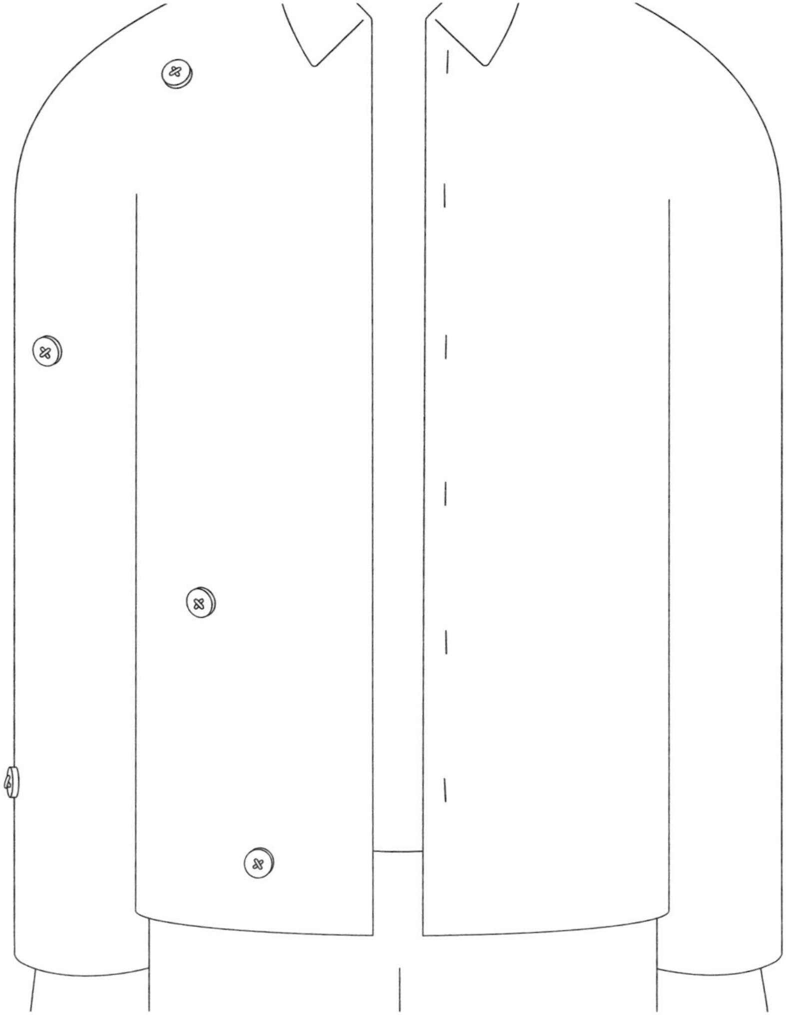

Shirt　襯衫

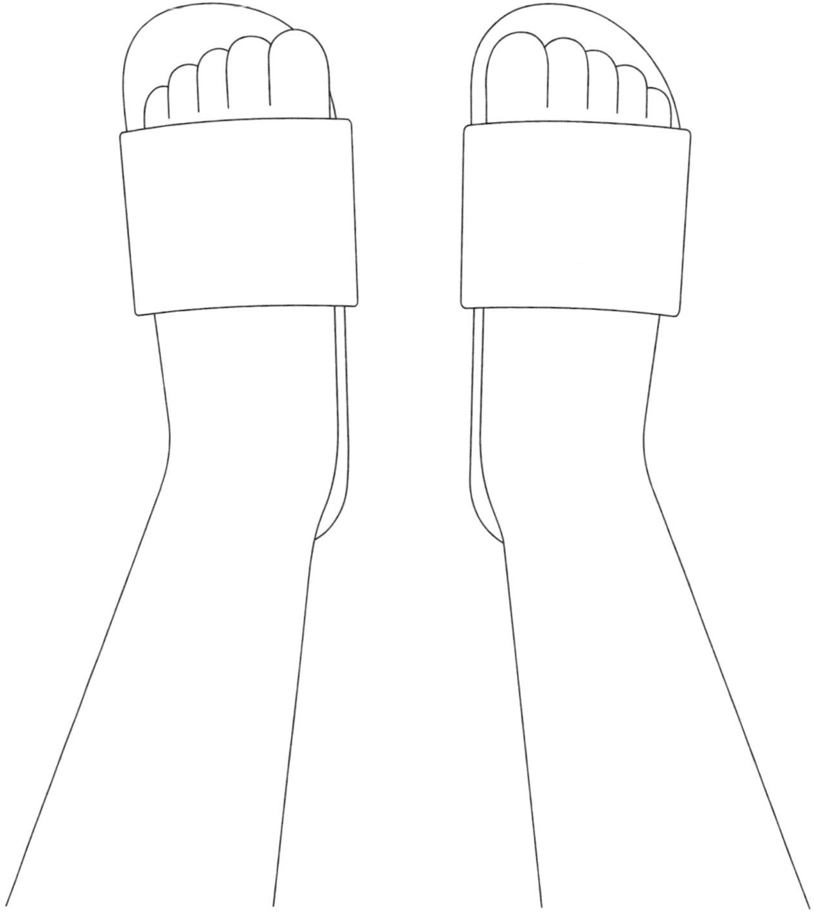

Slippers 拖鞋

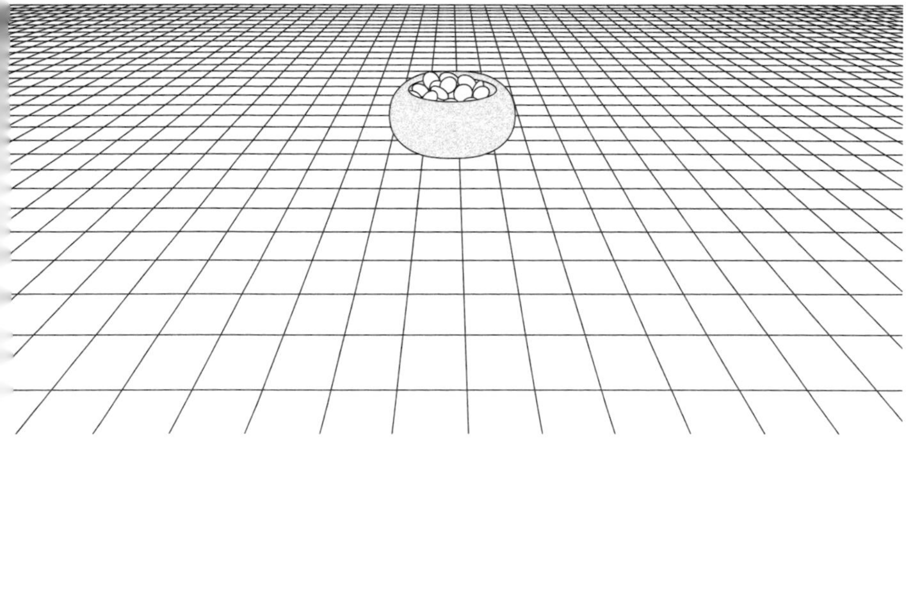

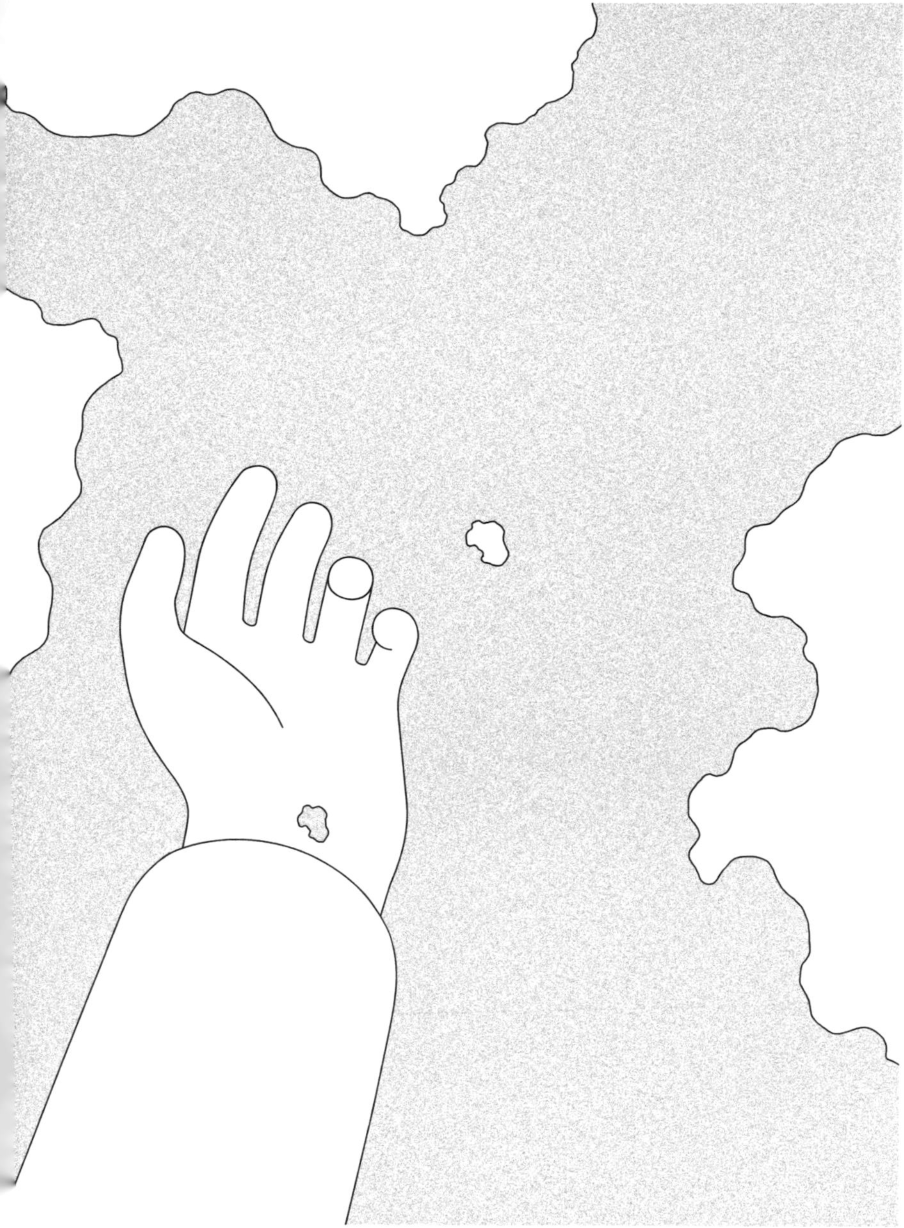

Birthmark 胎記

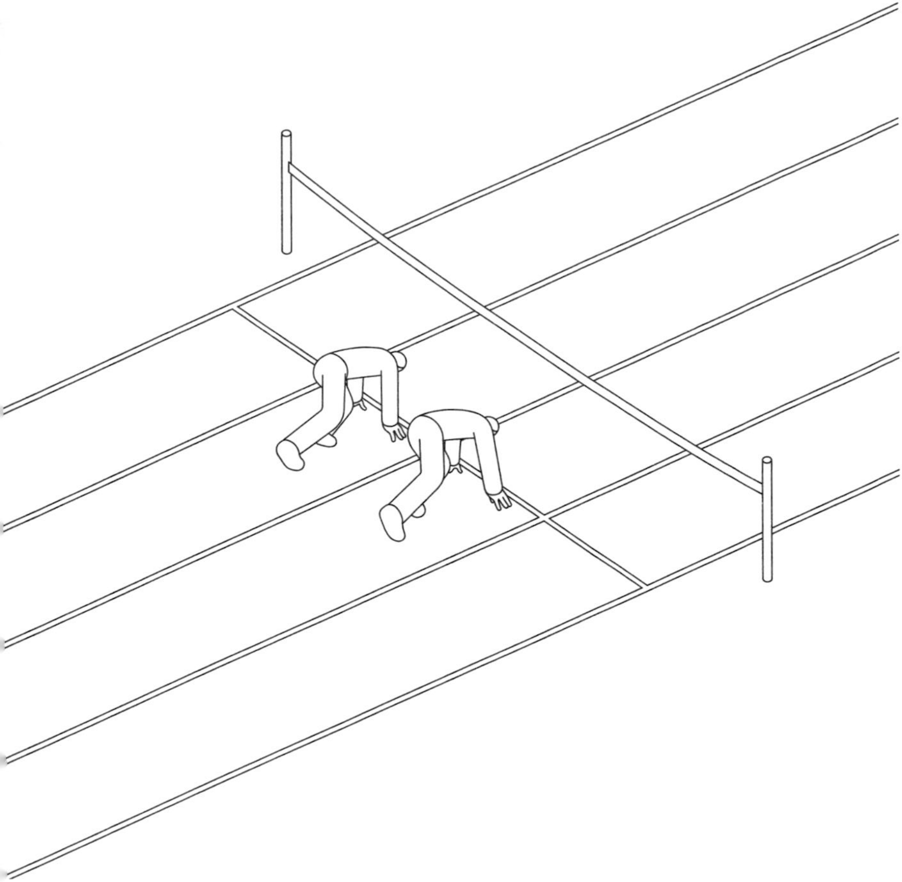

Race 賽跑

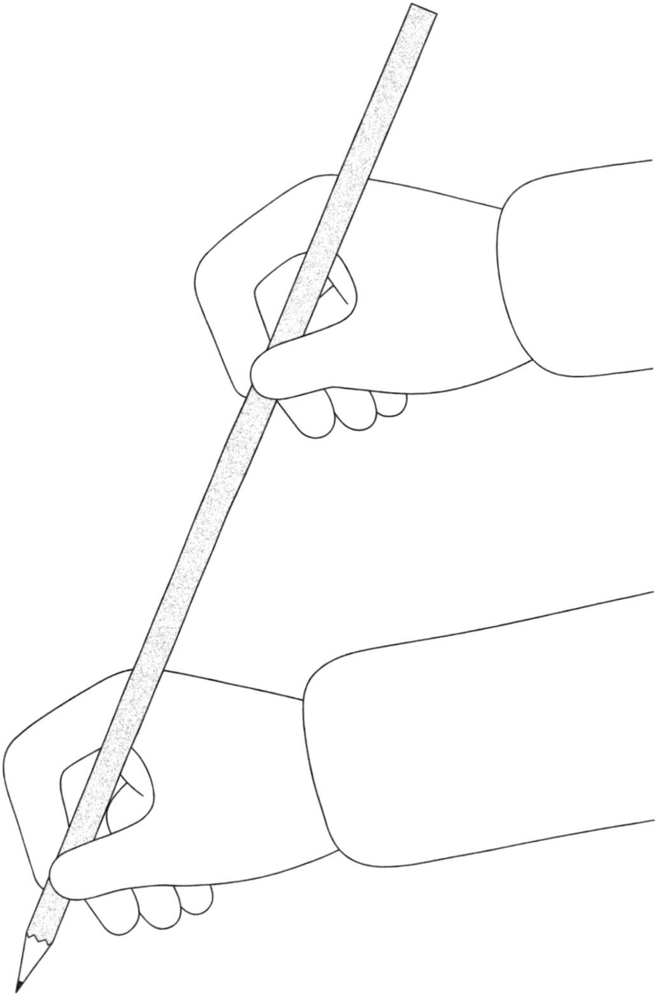

Cooperation 合作

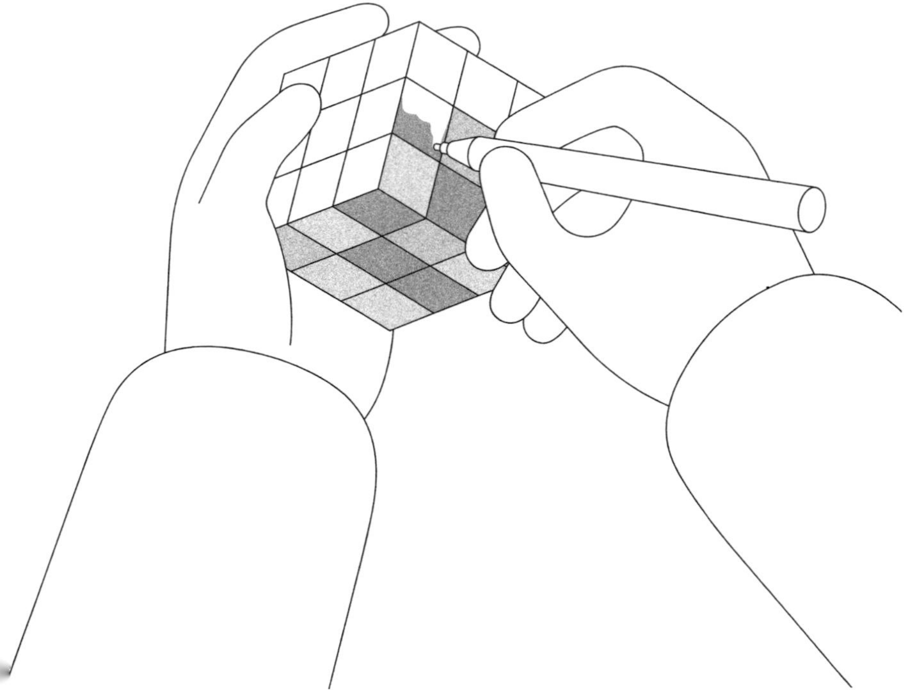

Rubik's Cube　魔術方塊

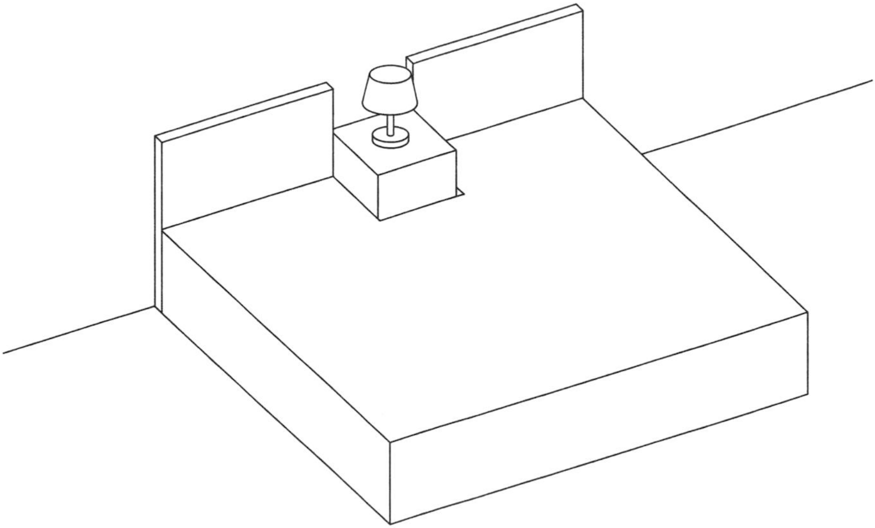

Bed 床

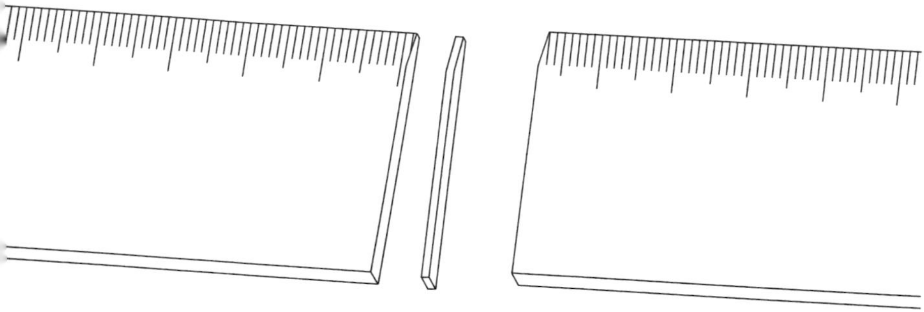

1mm　1公釐

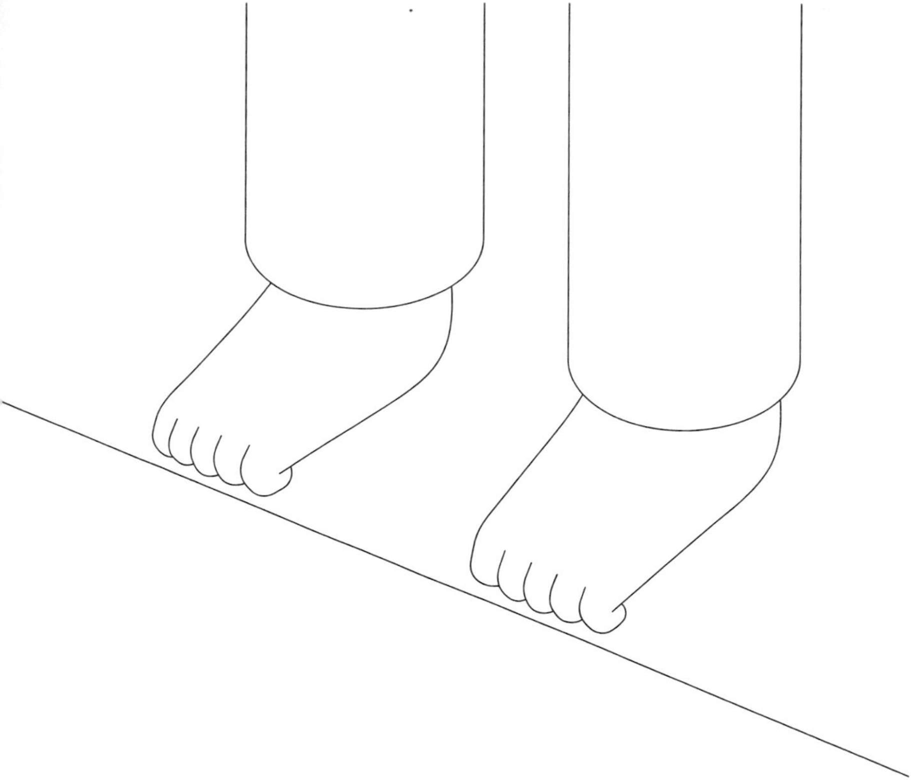

Line 線

Lose 輸

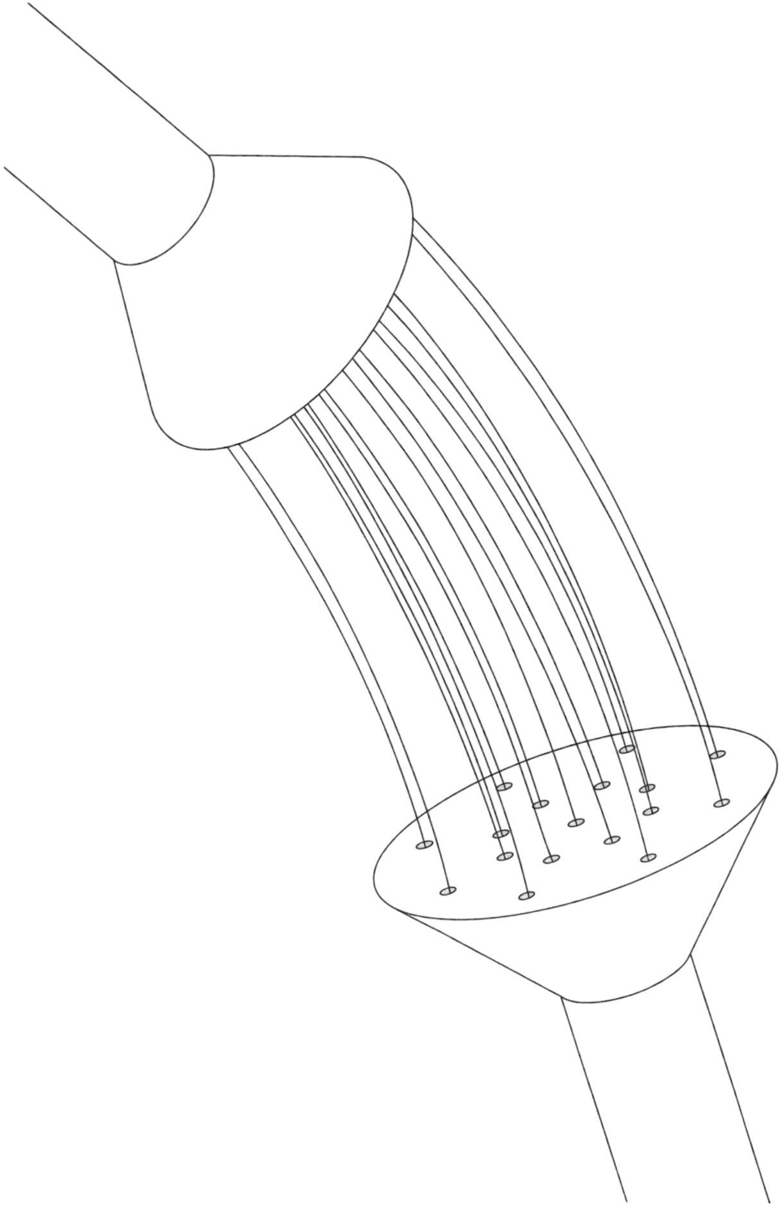

Watering　灑水

Channel 頻道

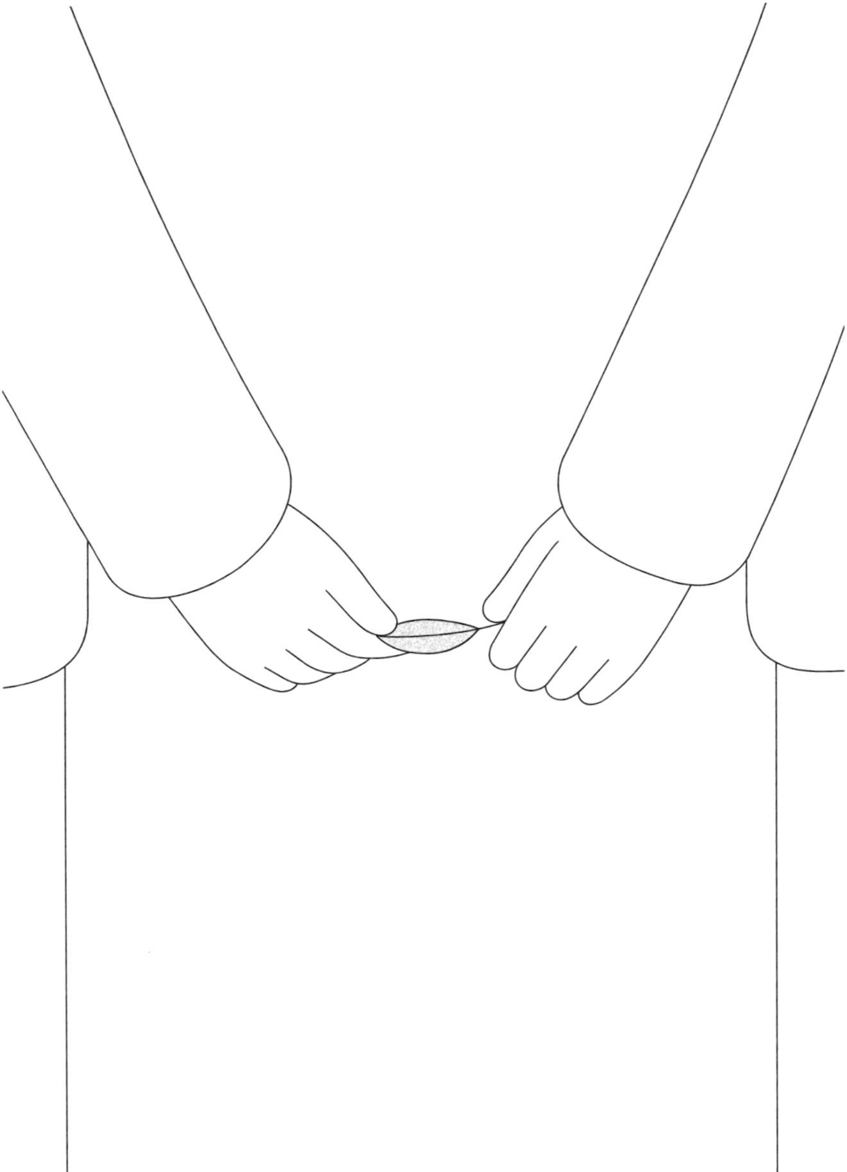

Giving 贈送

Cards 打牌

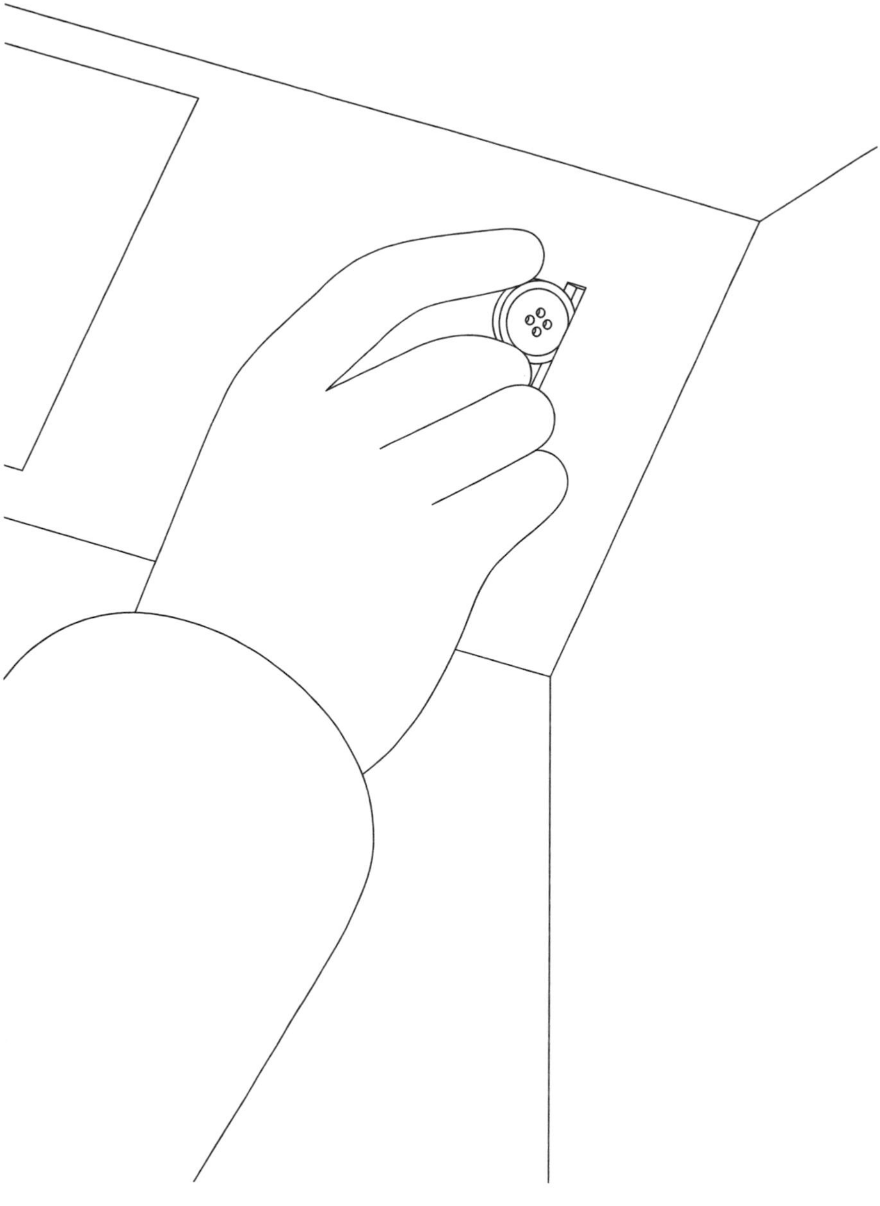

Coin 投幣

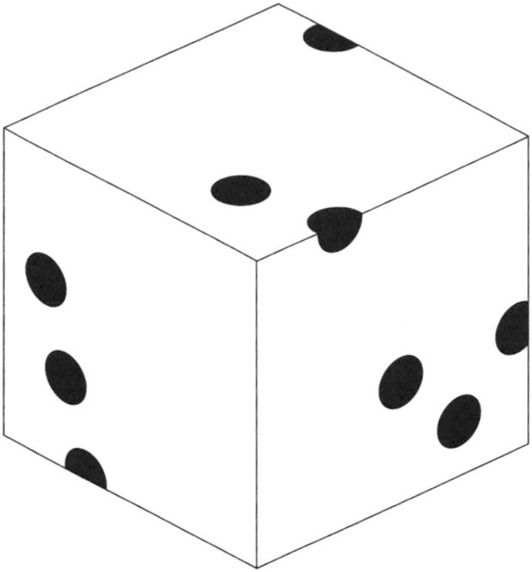

Dice　骰子

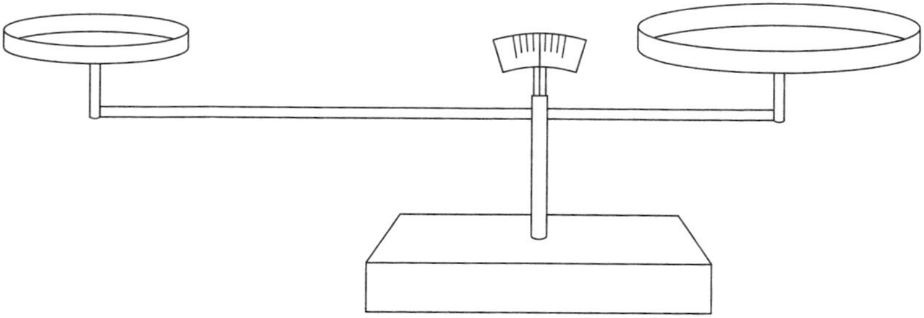

Balance　天秤

Potted 盆栽

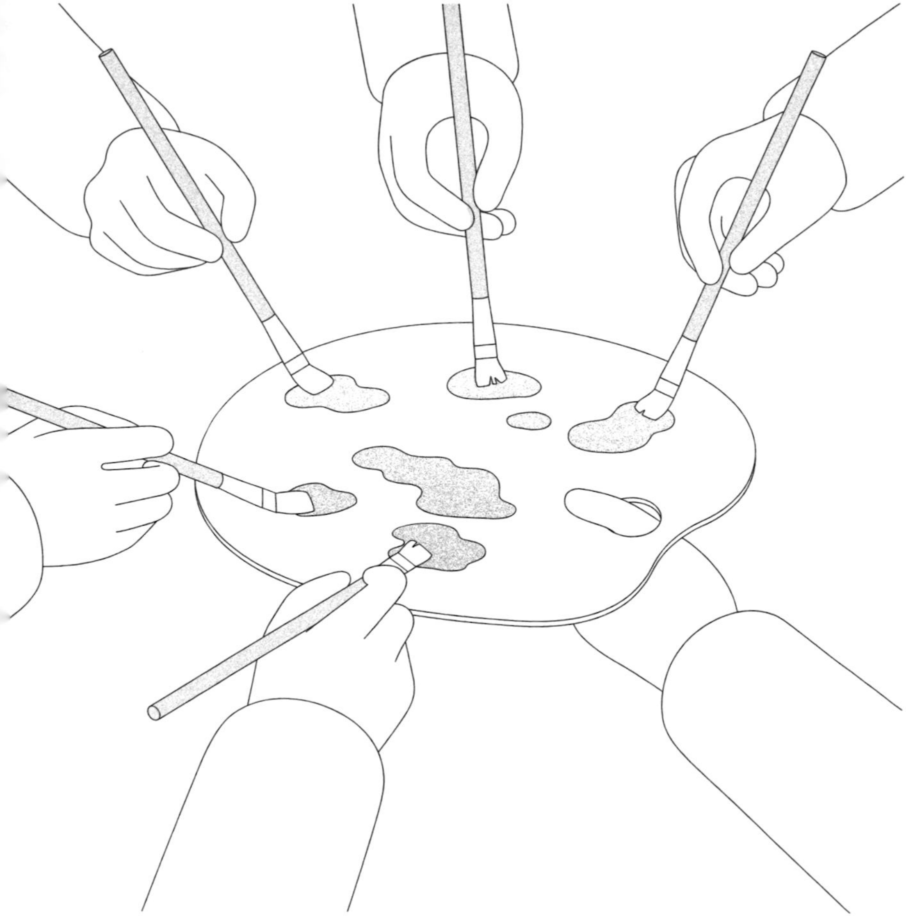

Palette　調色盤

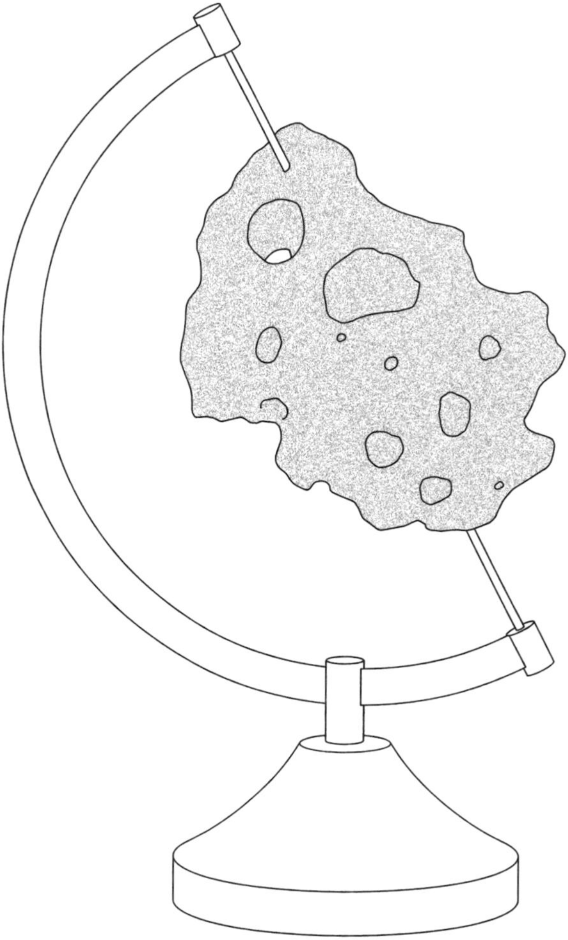

Meteorite　隕石

Grass 草地

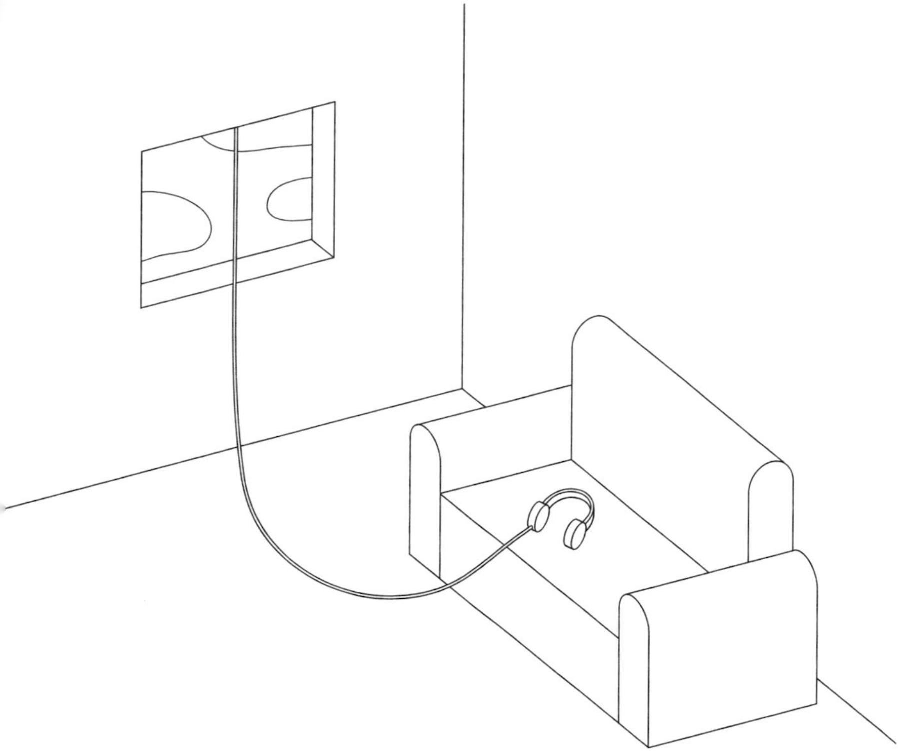

Headset 耳機

Correct　正確

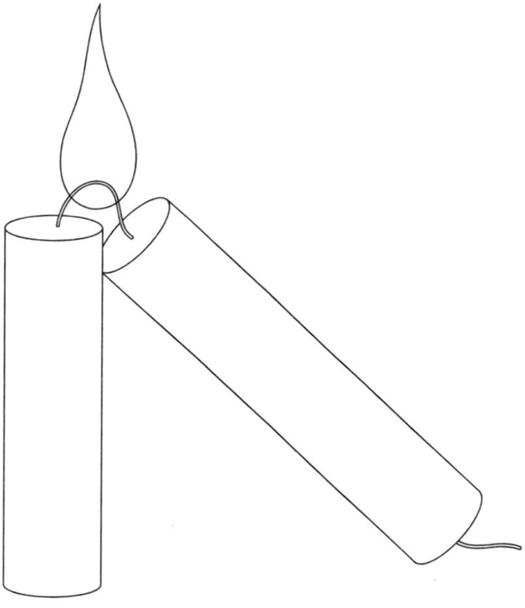

Candlelight 燭火

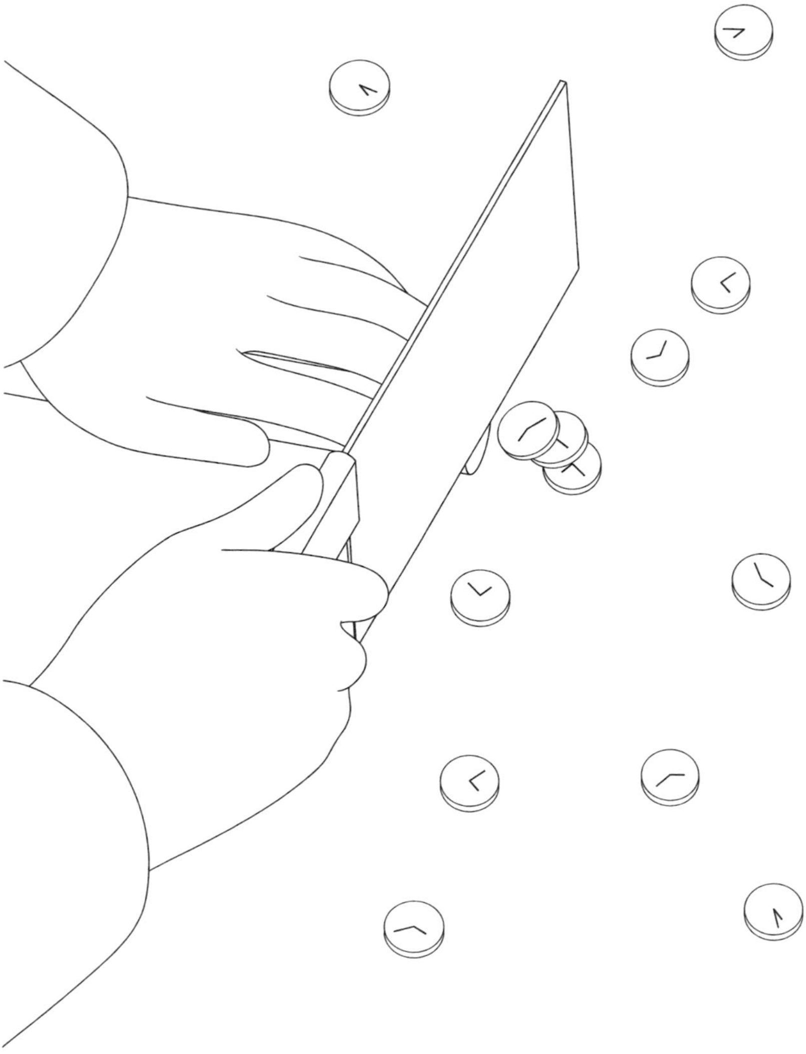

Cut 切

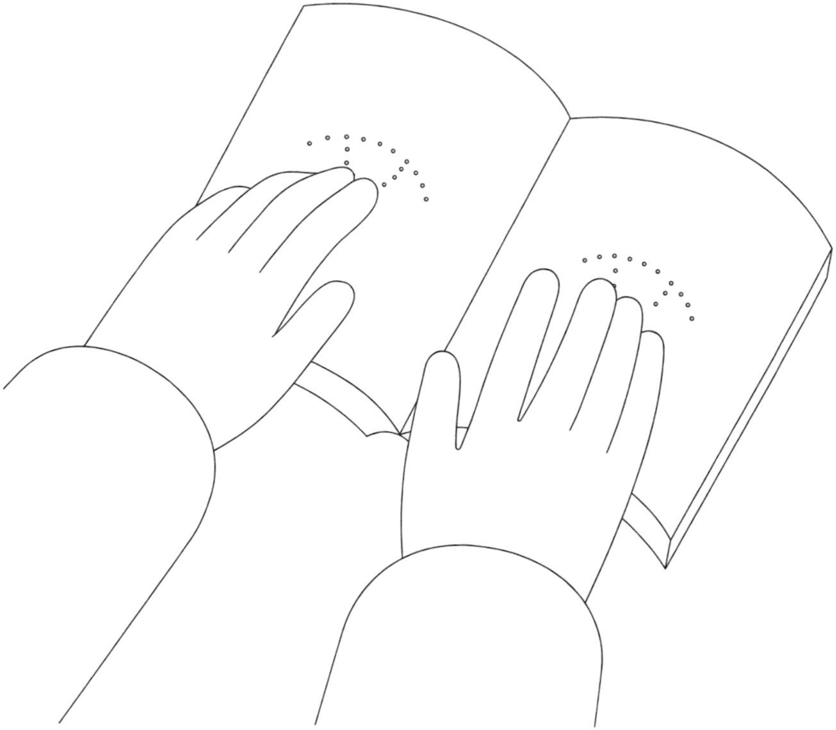

Touch　觸摸

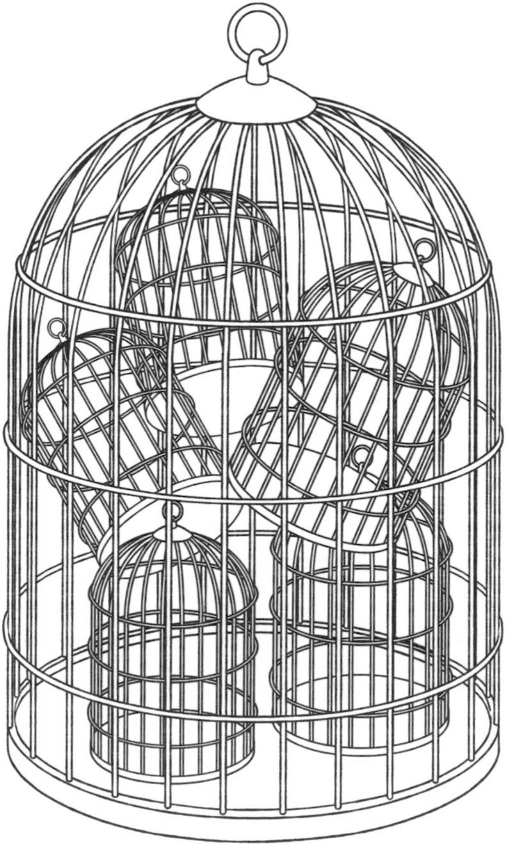

Cage 籠子

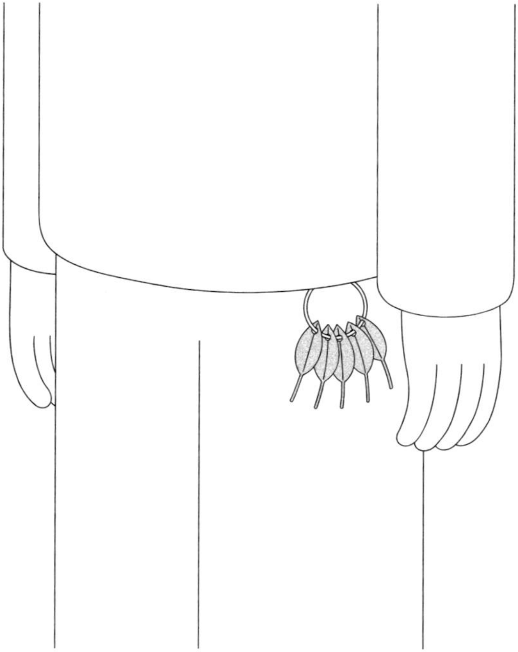

Leaves　葉子

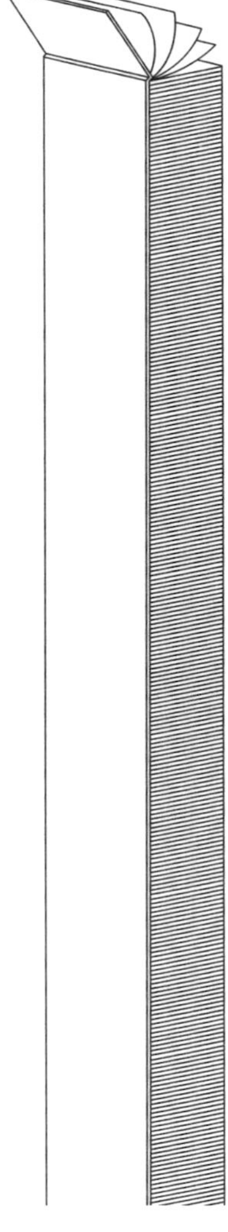

All Books　所有書

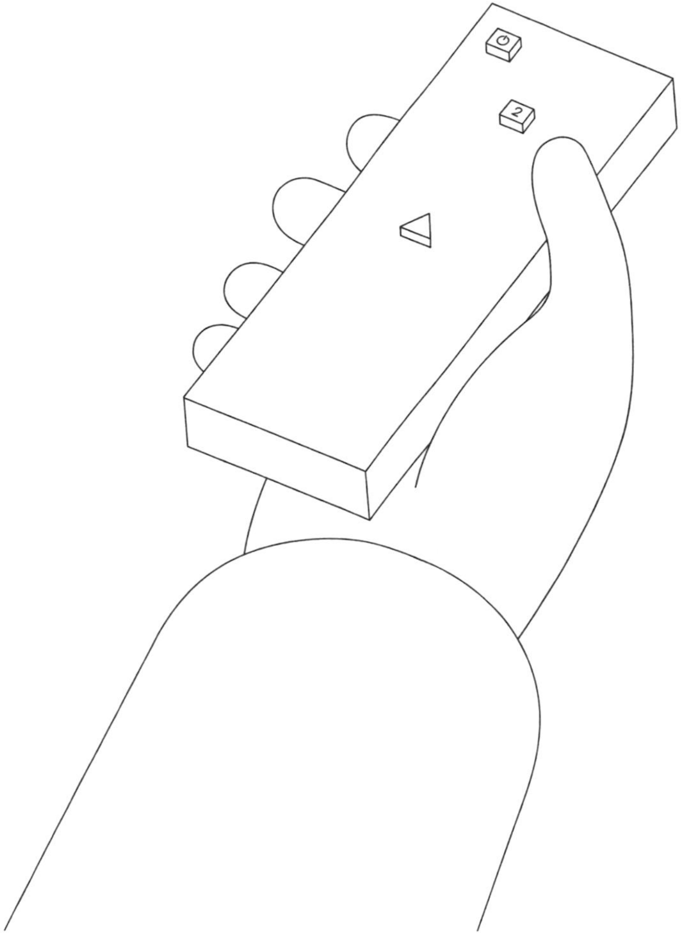


Remote Control　遙控器

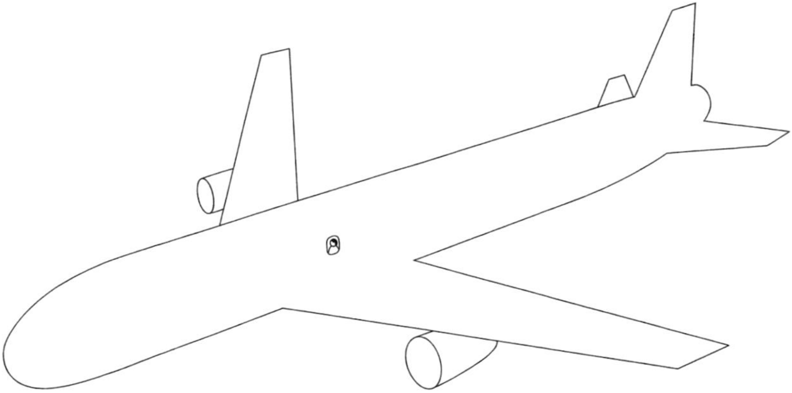

Plane 飛機

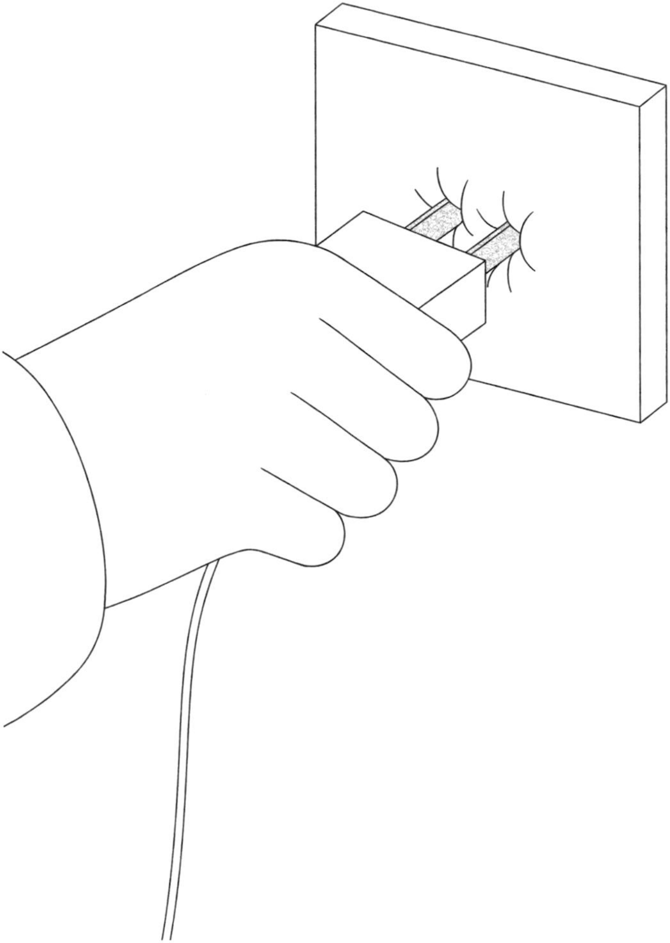

Socket　插座

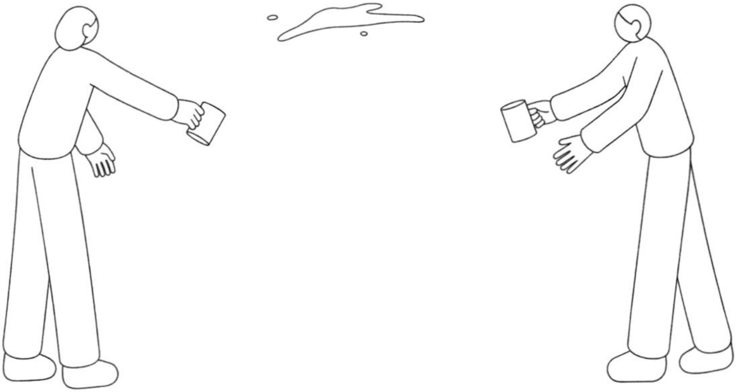

Give 給

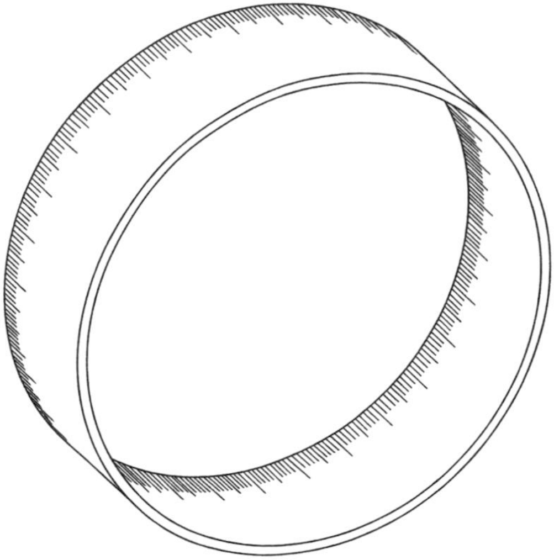

Ruler 尺

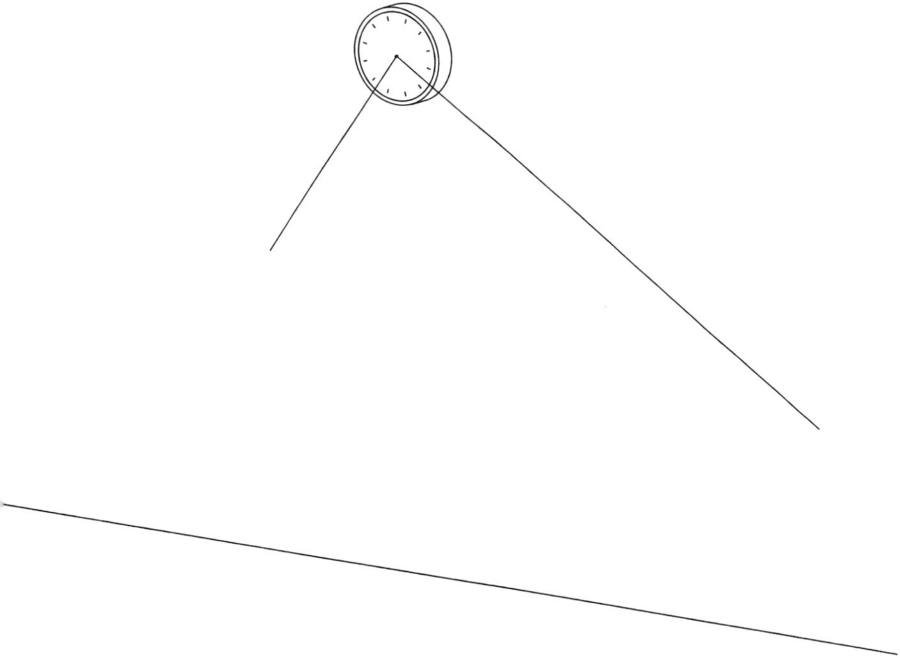

Clock 鐘

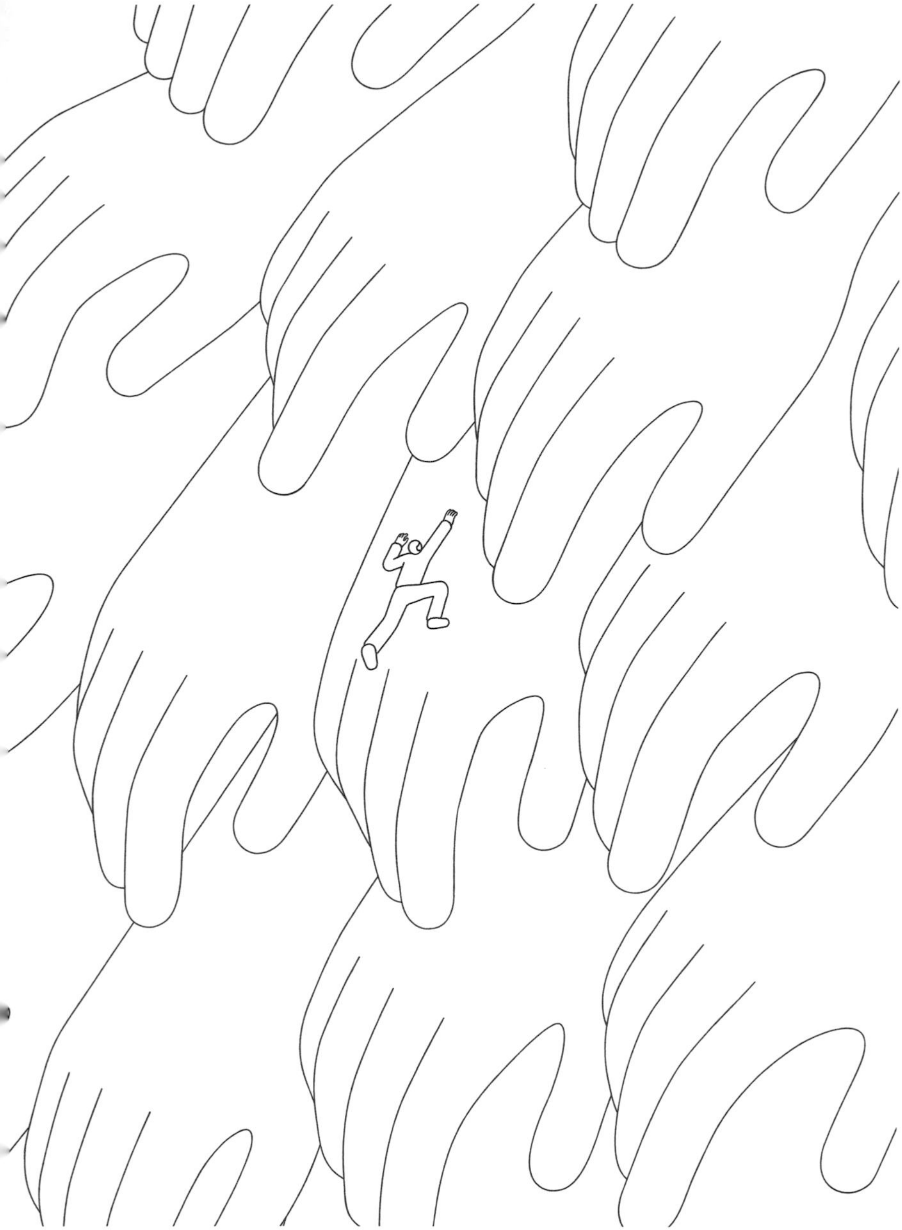

Climb 攀登

Pram 嬰兒車

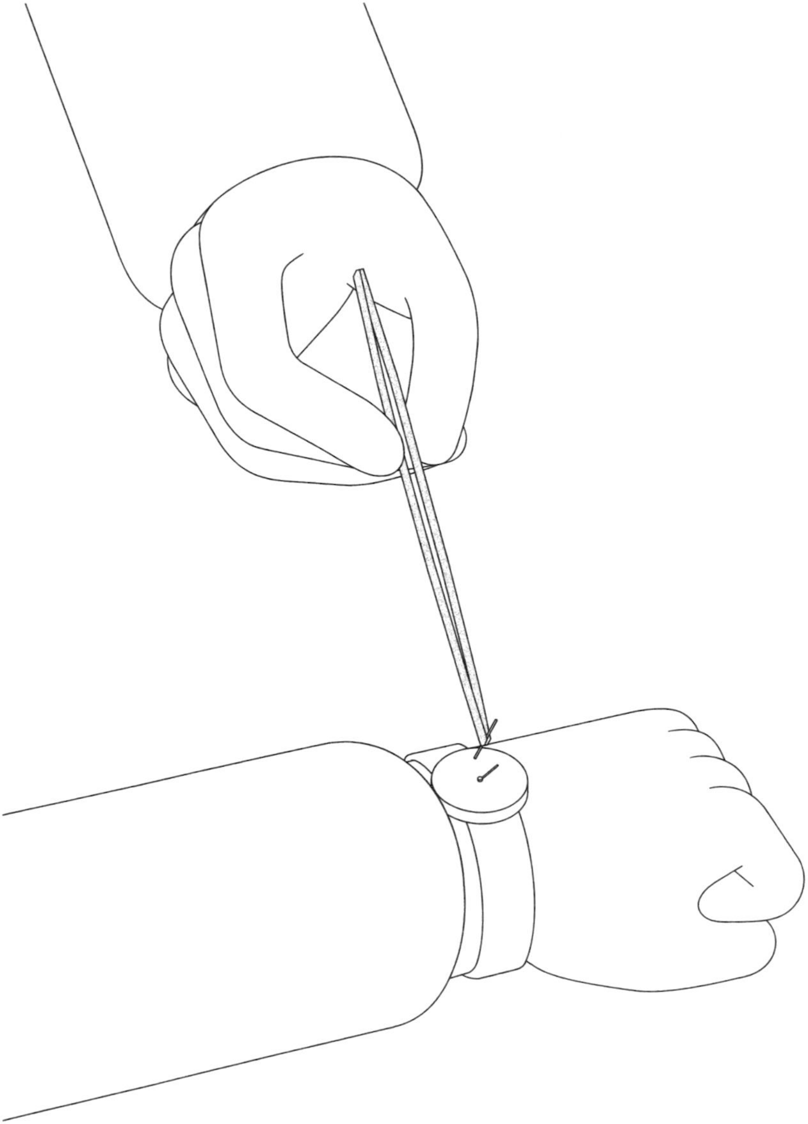

Install　安裝

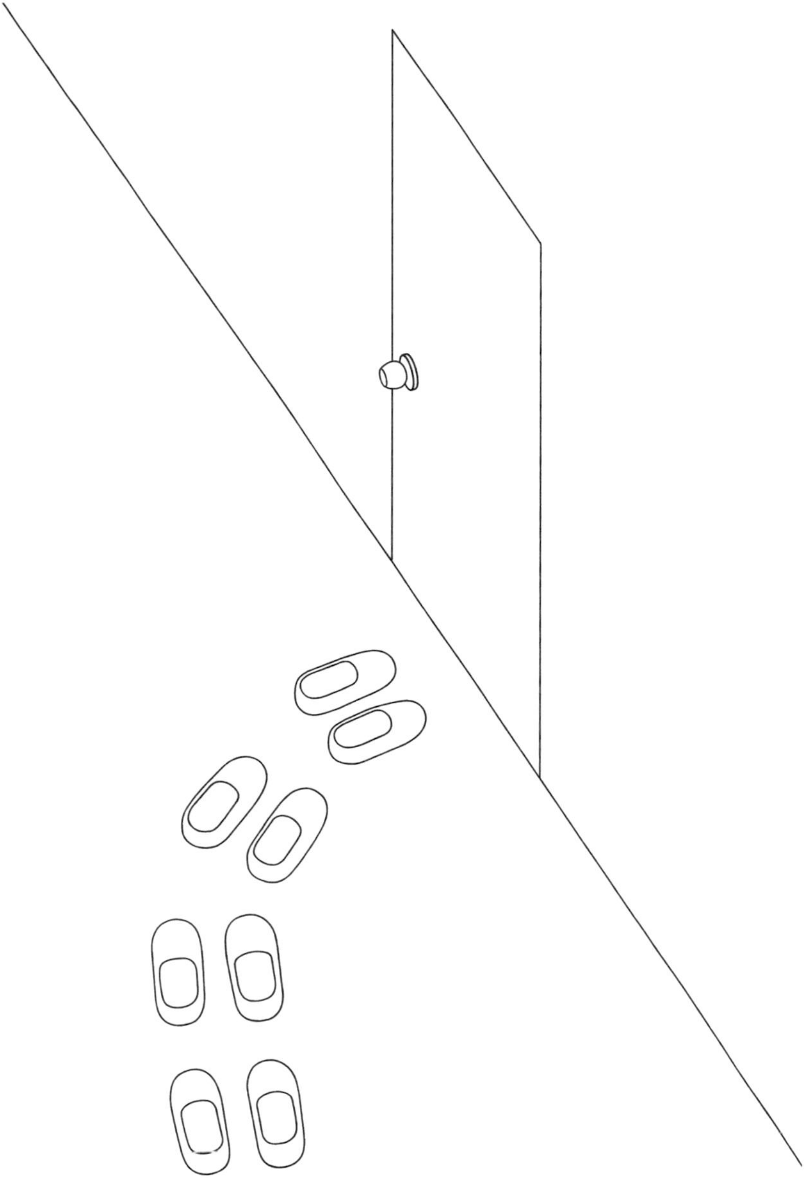

Corridor　走廊

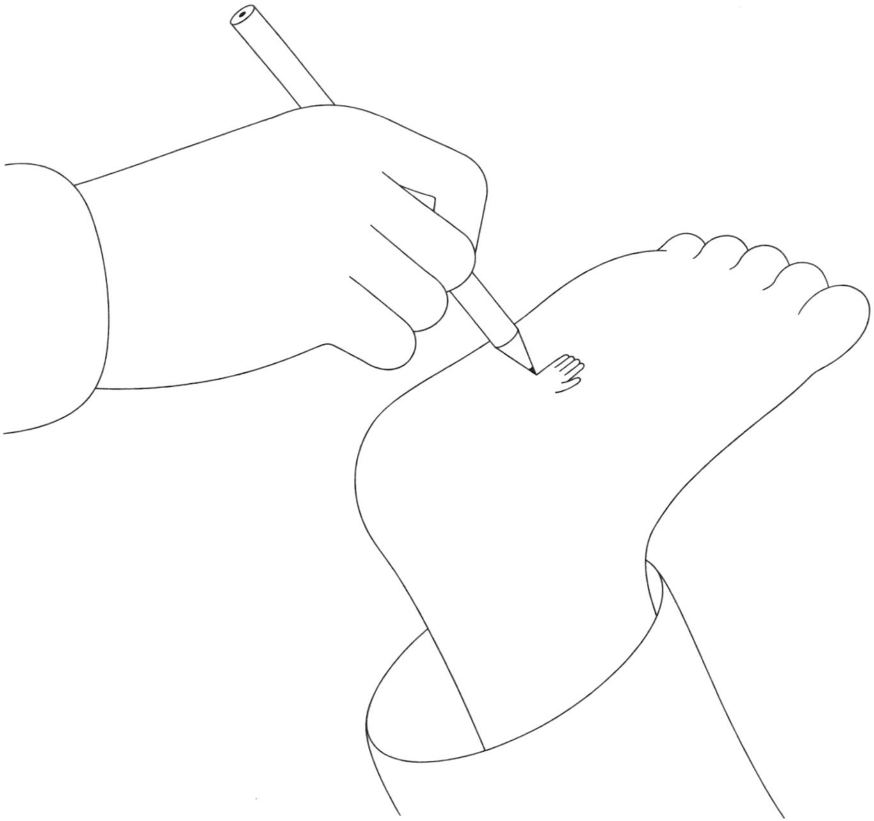

Foot 腳

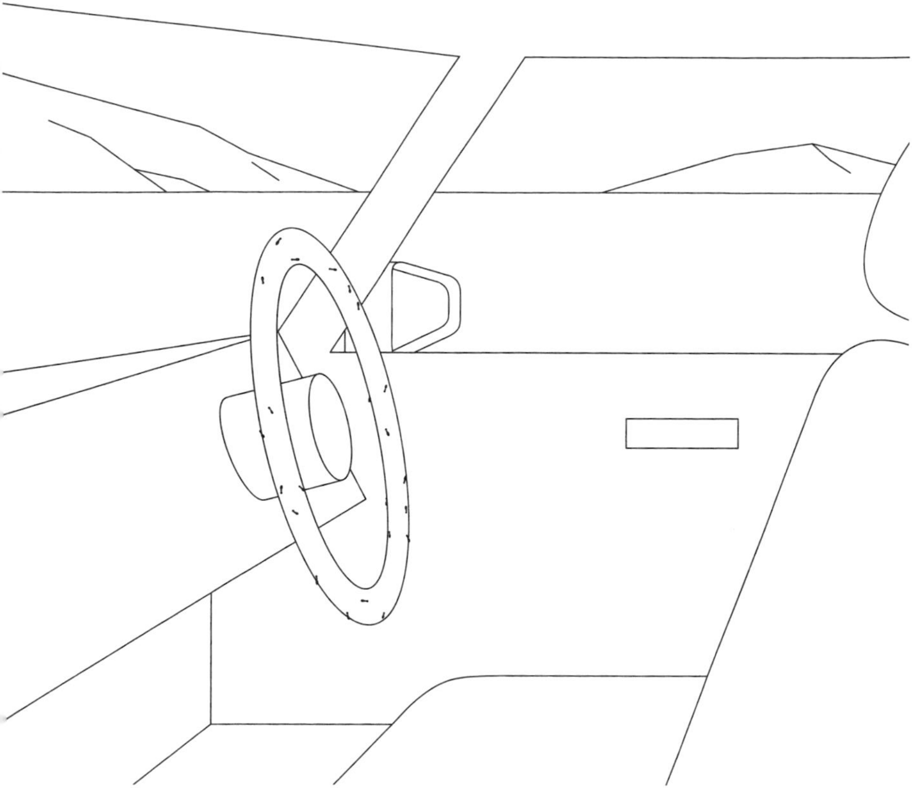

Ants　螞蟻

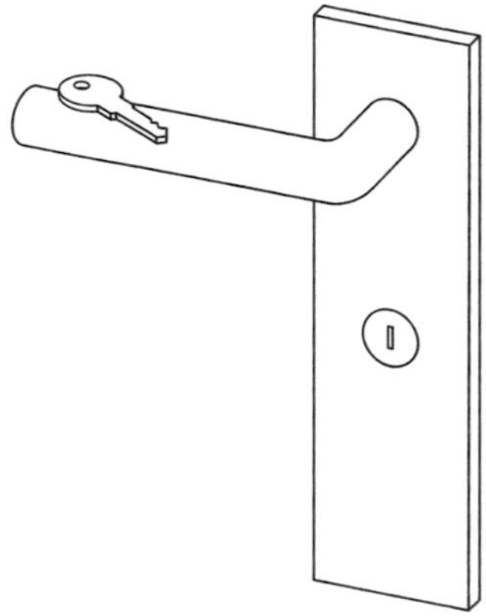

Key 鑰匙

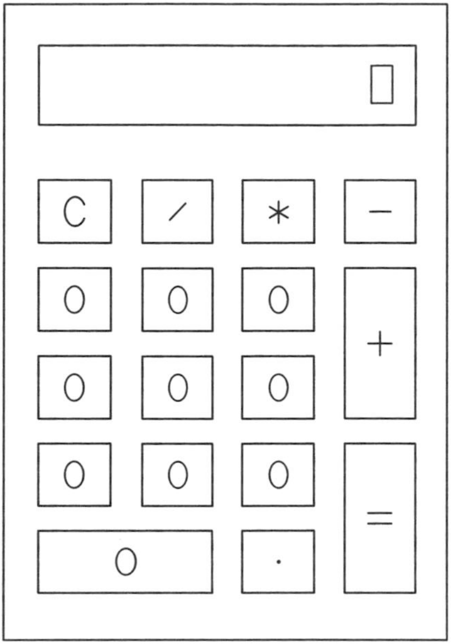
C
/
*
−
0
0
0
+
0
0
0
0
0
0
=
0
.

Calculator 計算機

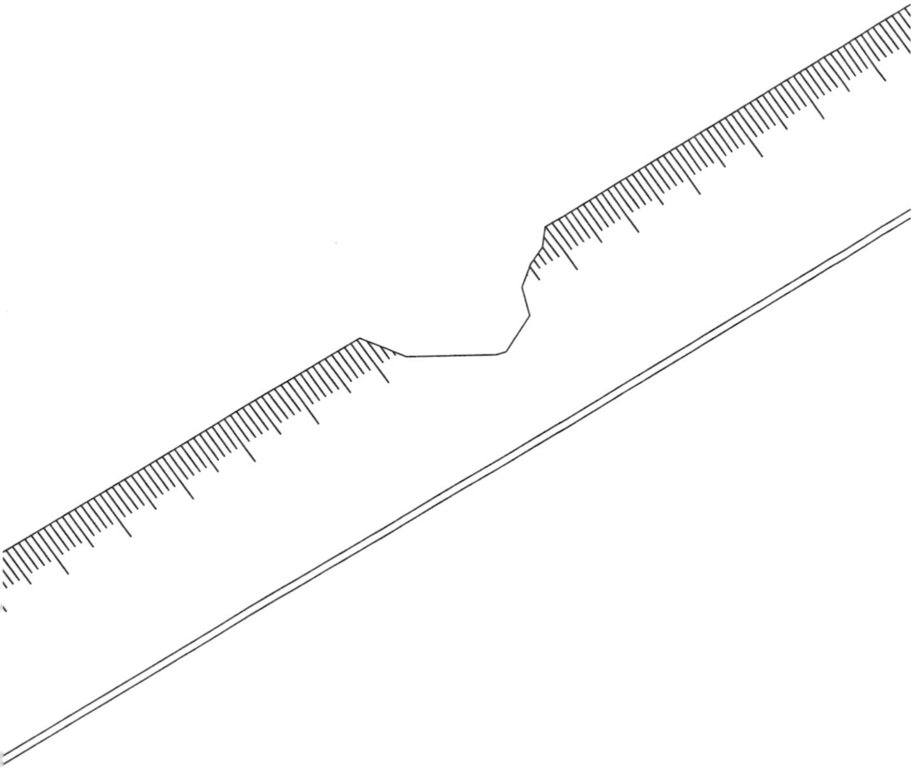

Gap 缺口

Rain 雨

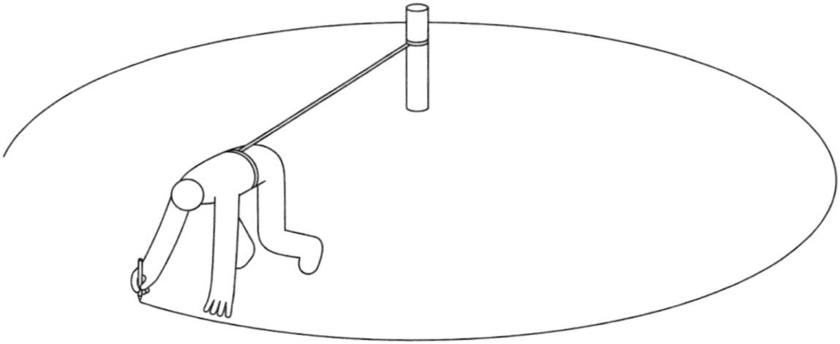

Timber Pile　木樁

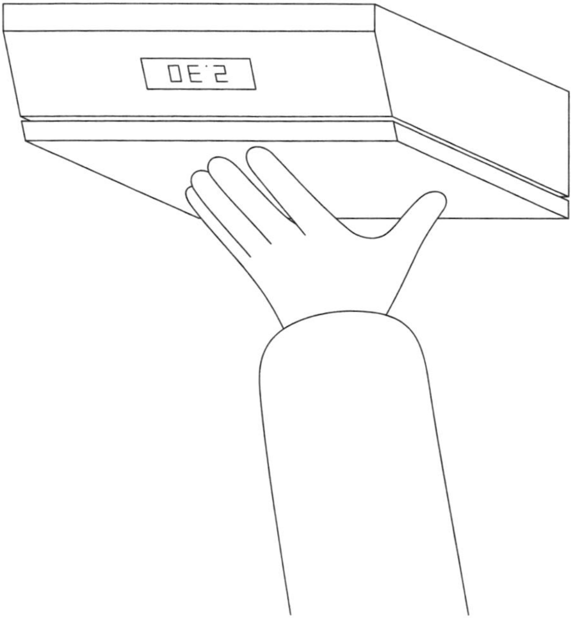

Weight 重量

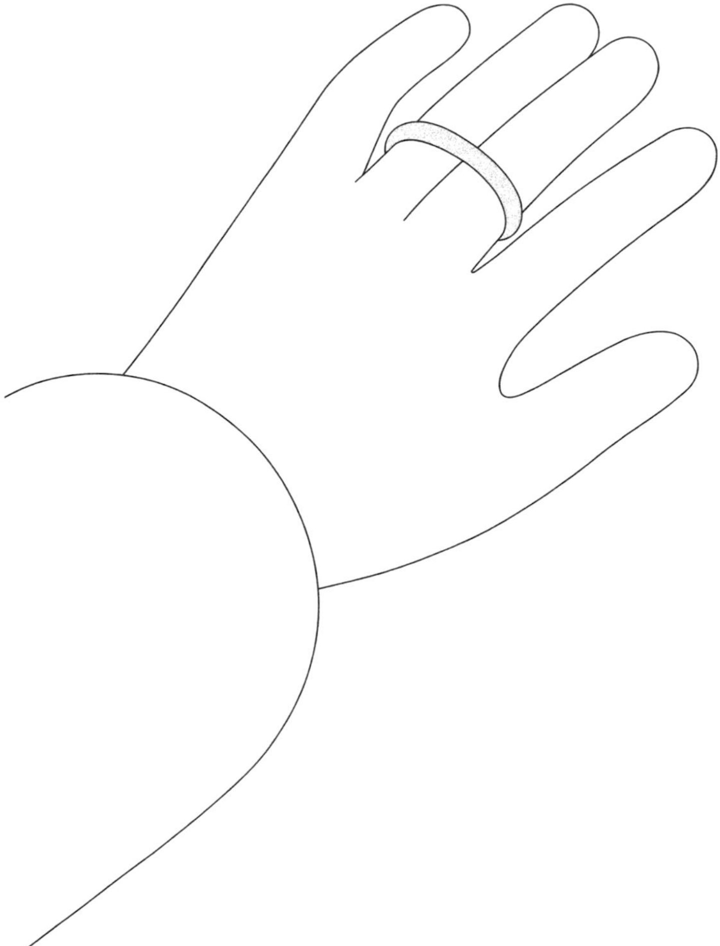

Ring 戒指

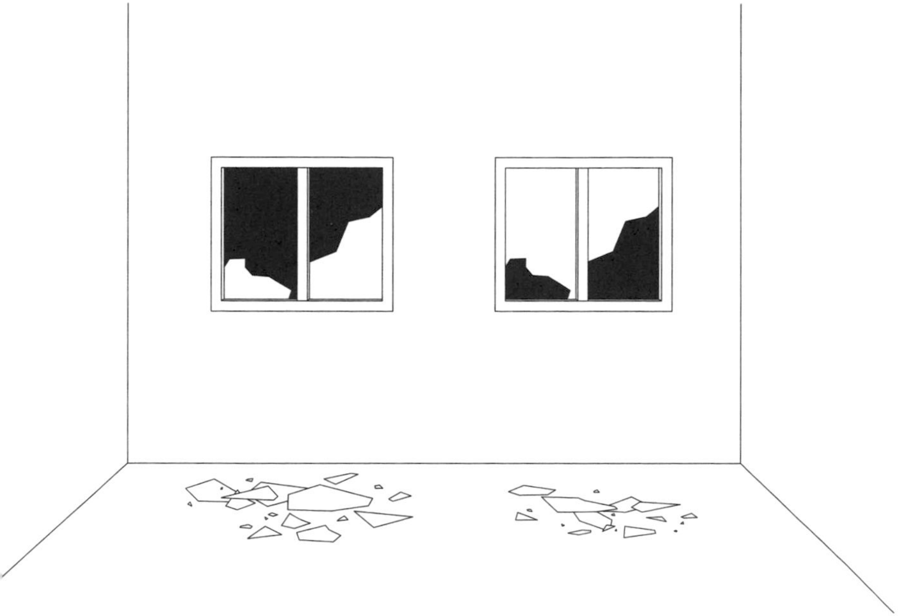

Windows 窗戶

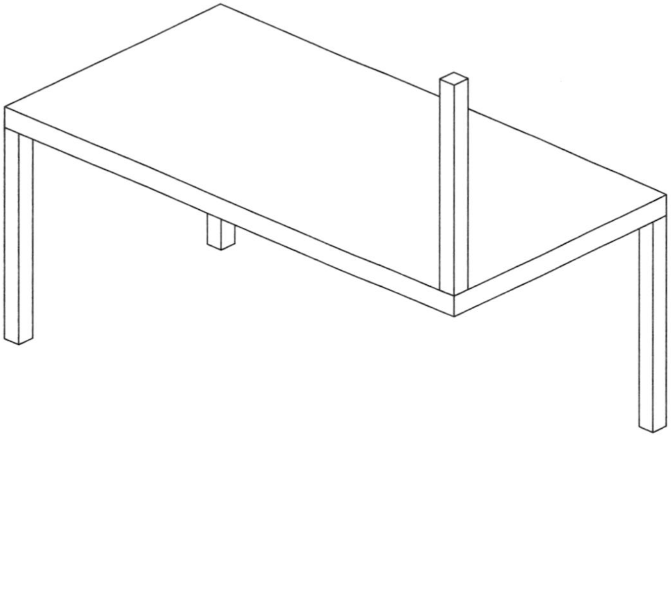

Table 桌子

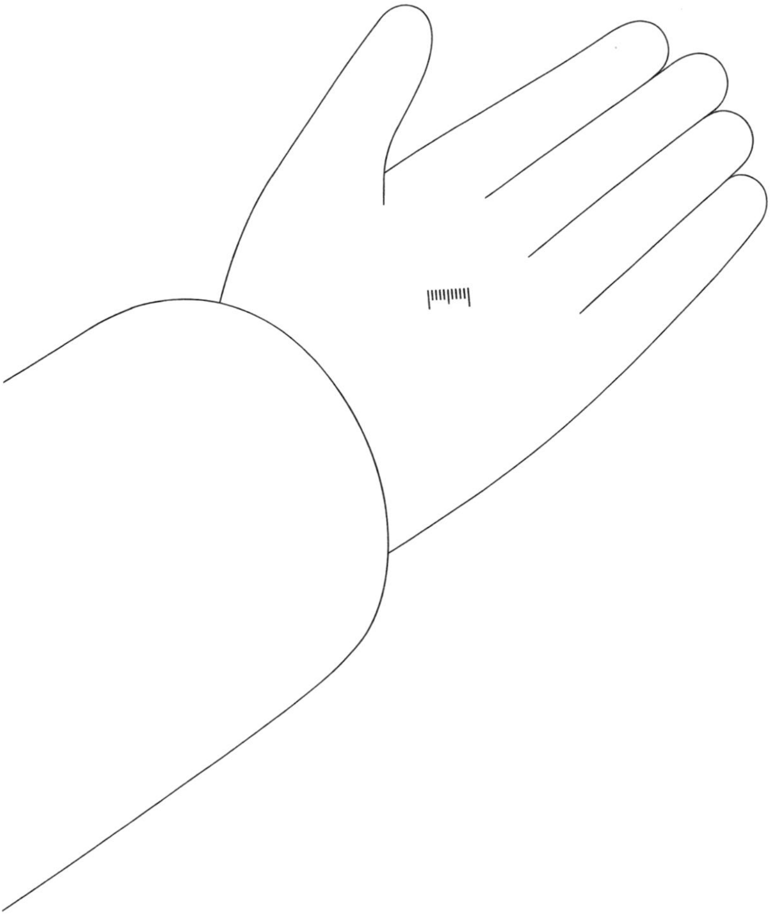

1cm　1公分

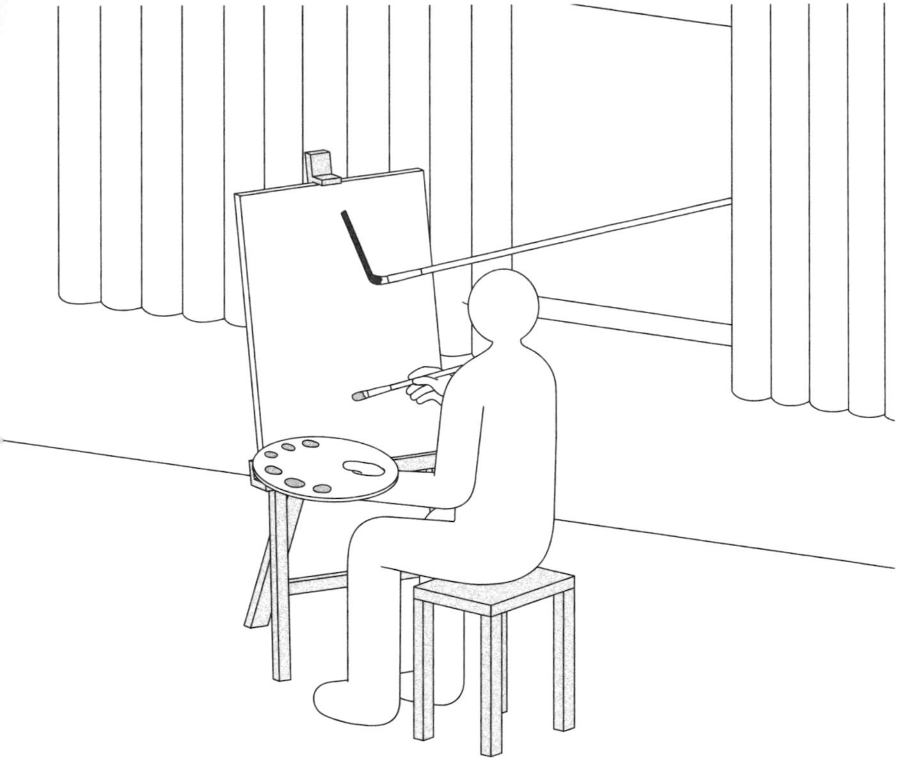

Out of the Window　窗外

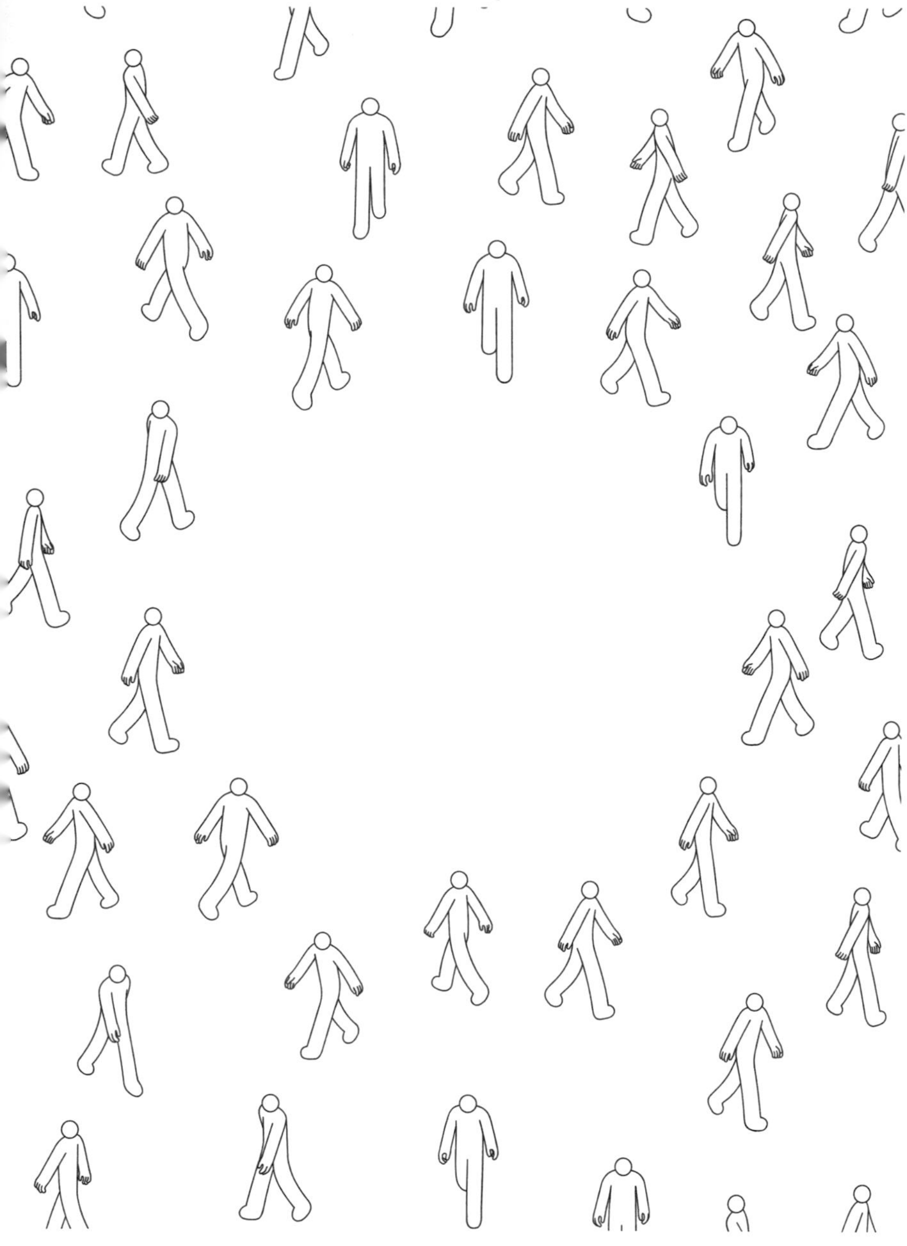

Space 空地

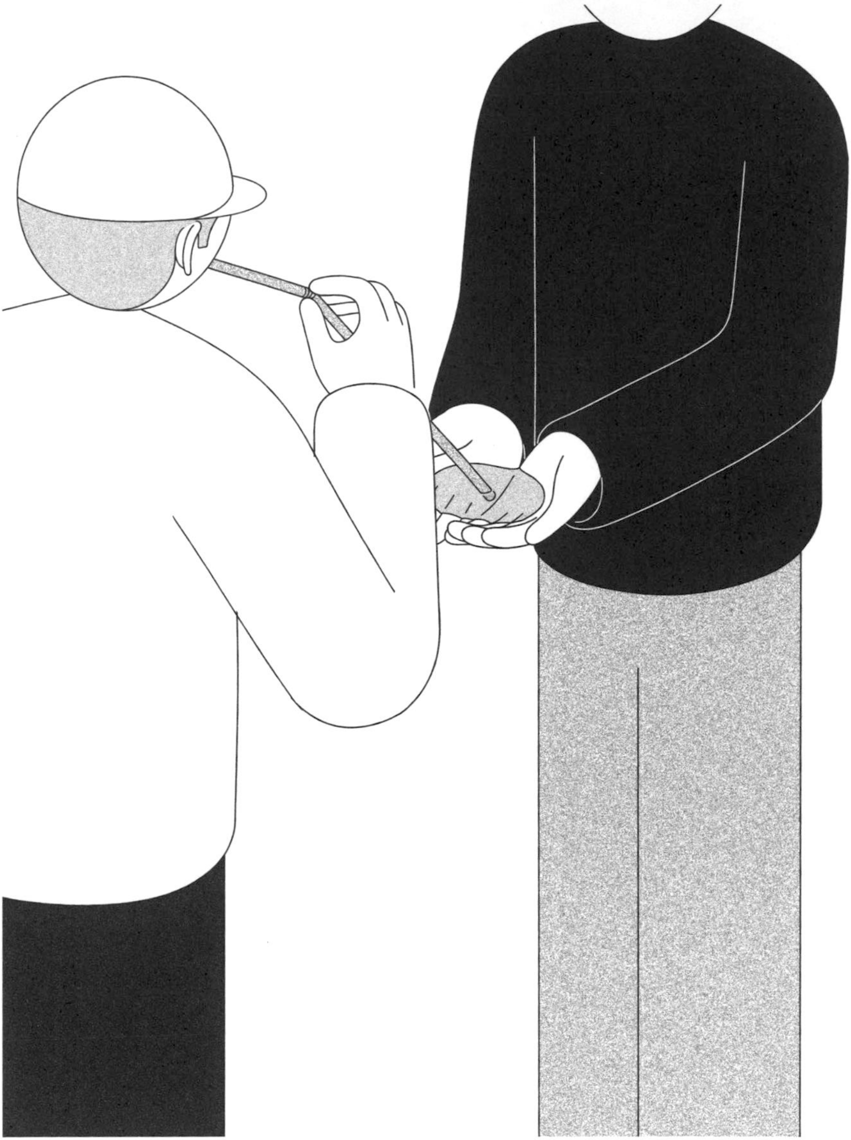

Straw 吸管

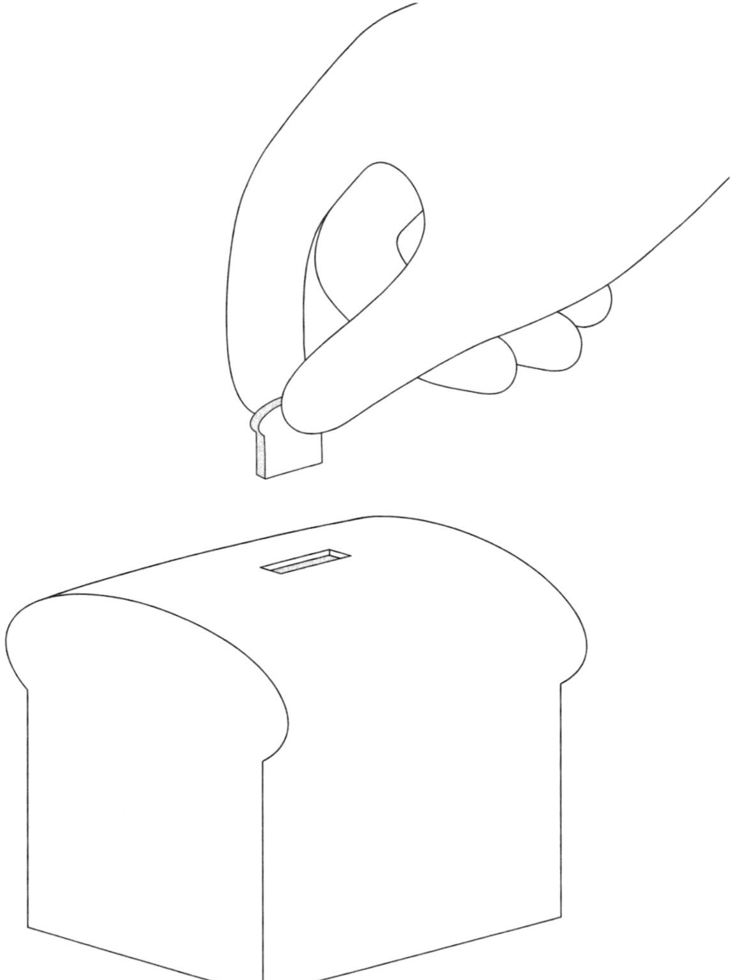

Savings　儲蓄

Telephone Booth　電話亭

Mirror 鏡子

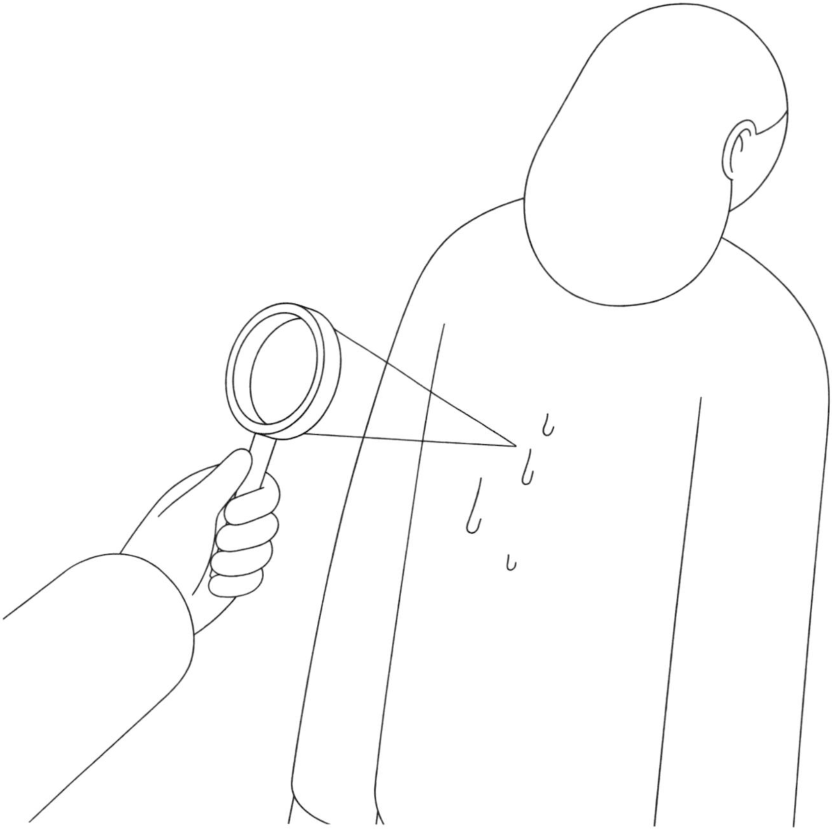

Magnifying Glass　放大鏡

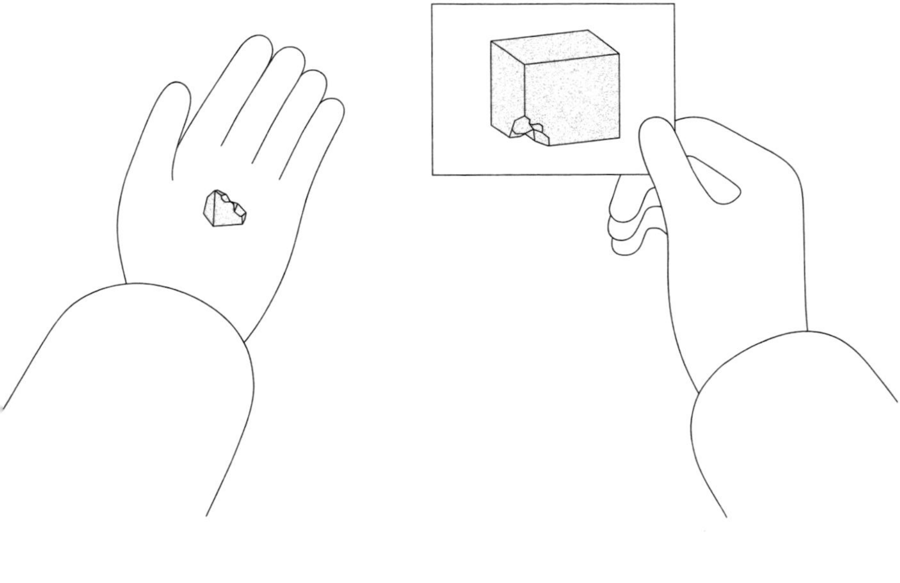

Photo 照片

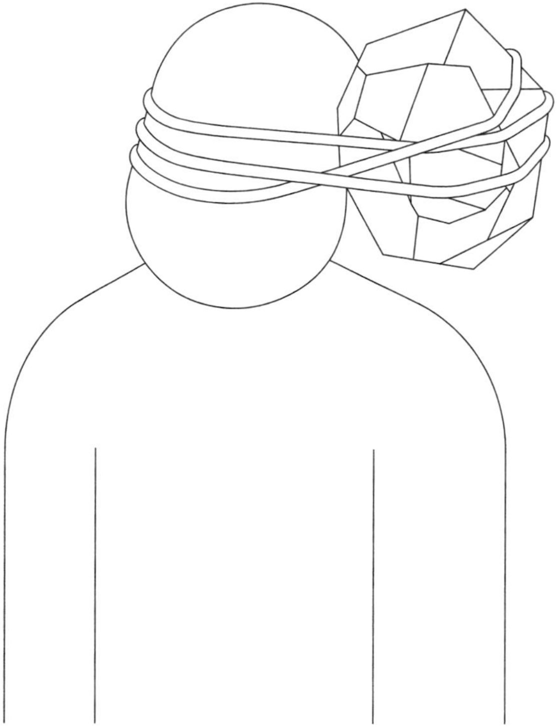

Tie Up 綁

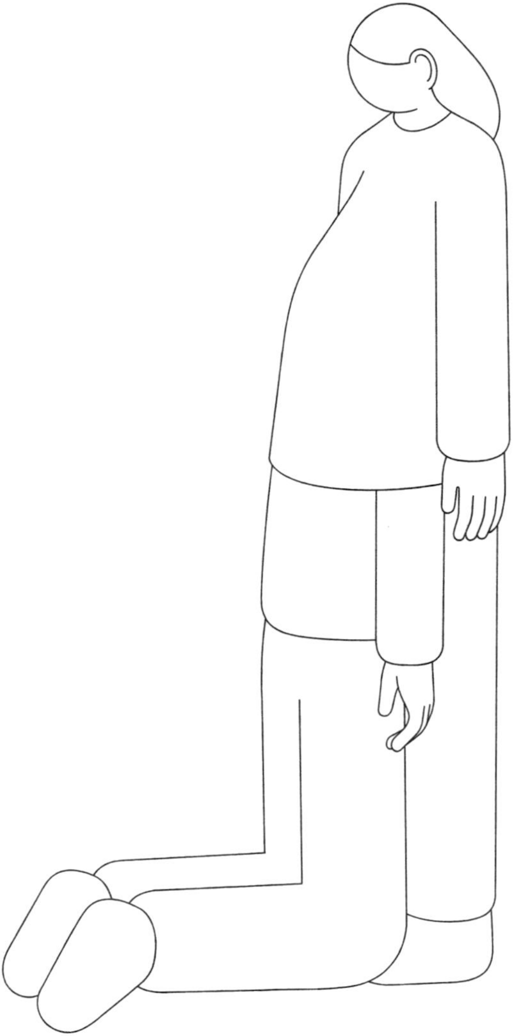

Coat 上衣

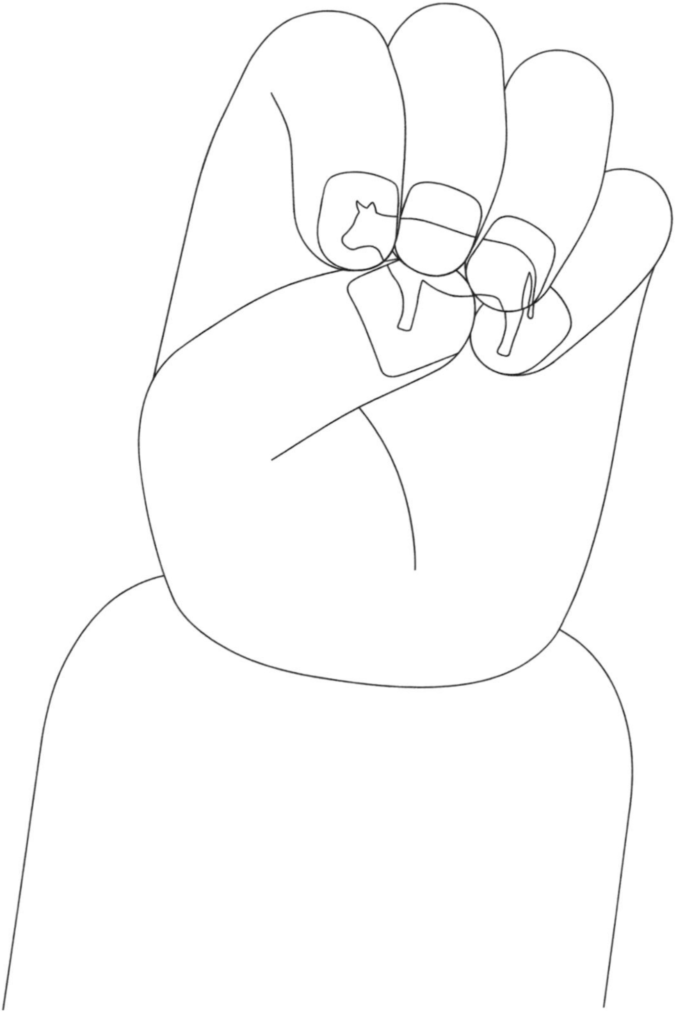

Nails 指甲

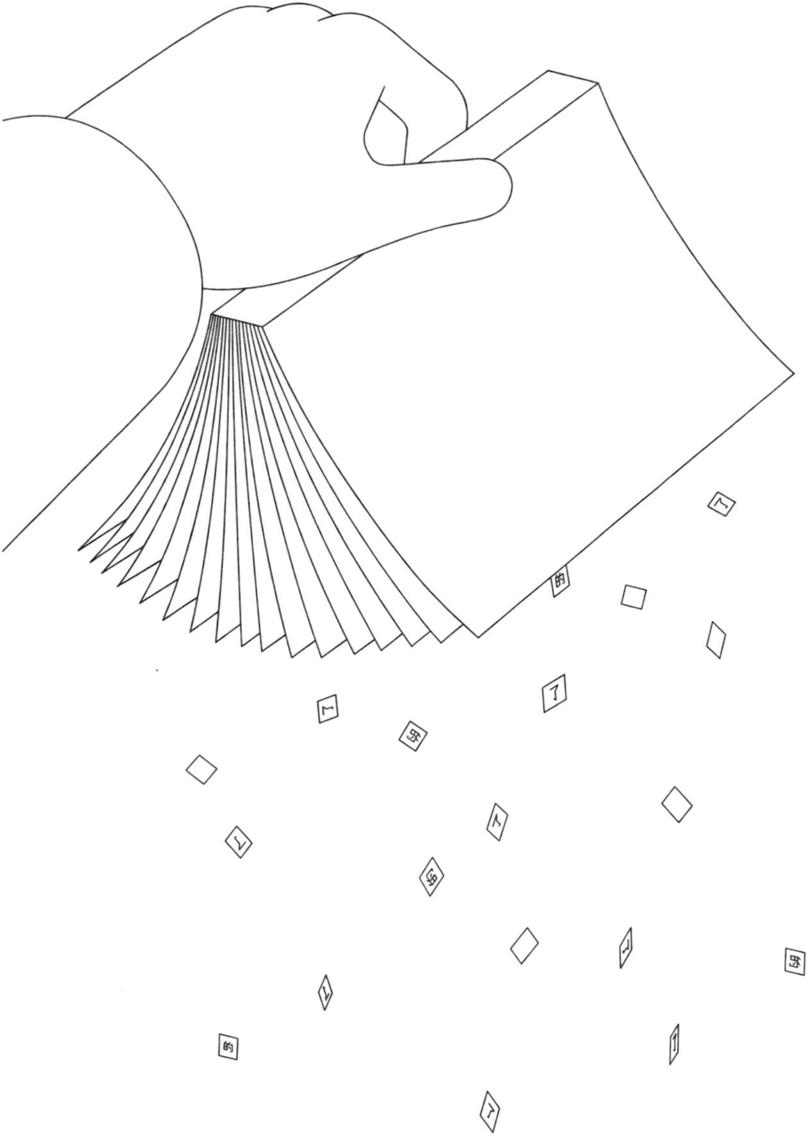

Filter 過濾

Thirsty　口渴

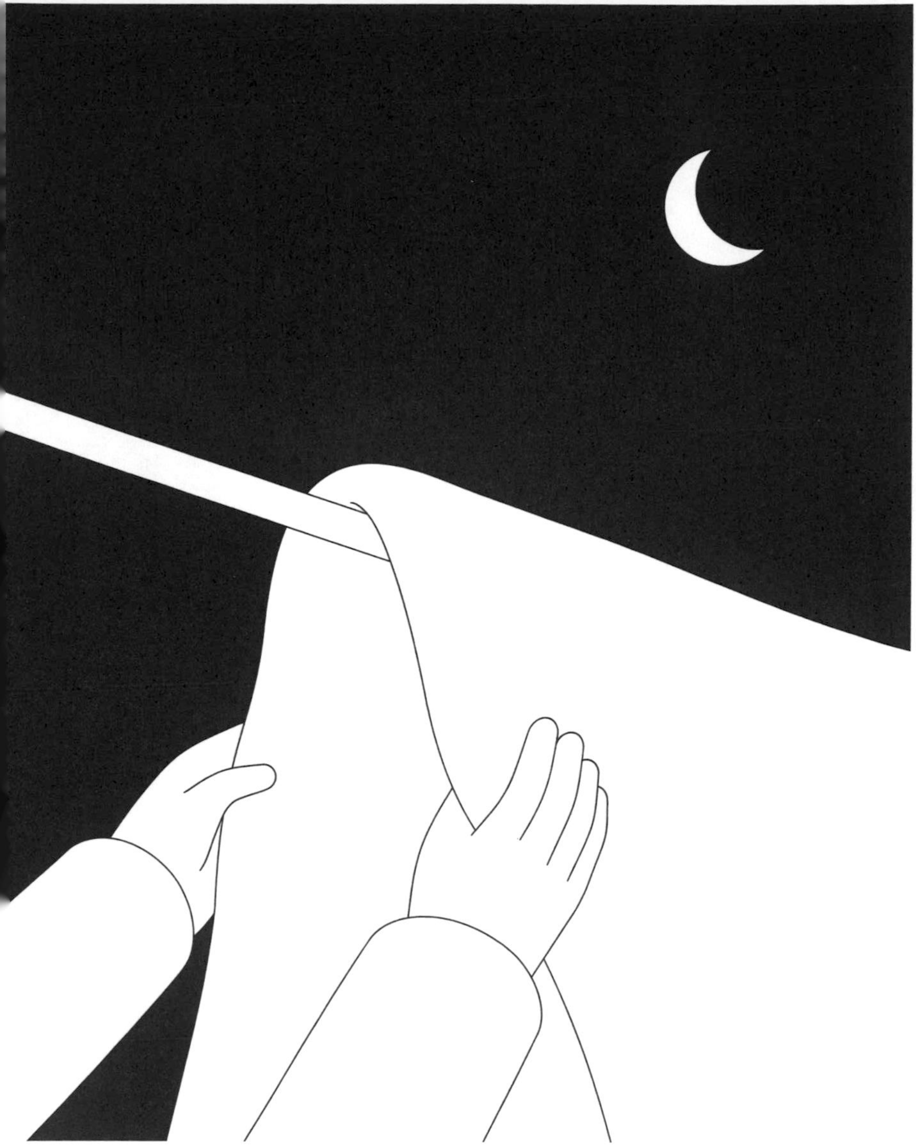

Quilt 被子

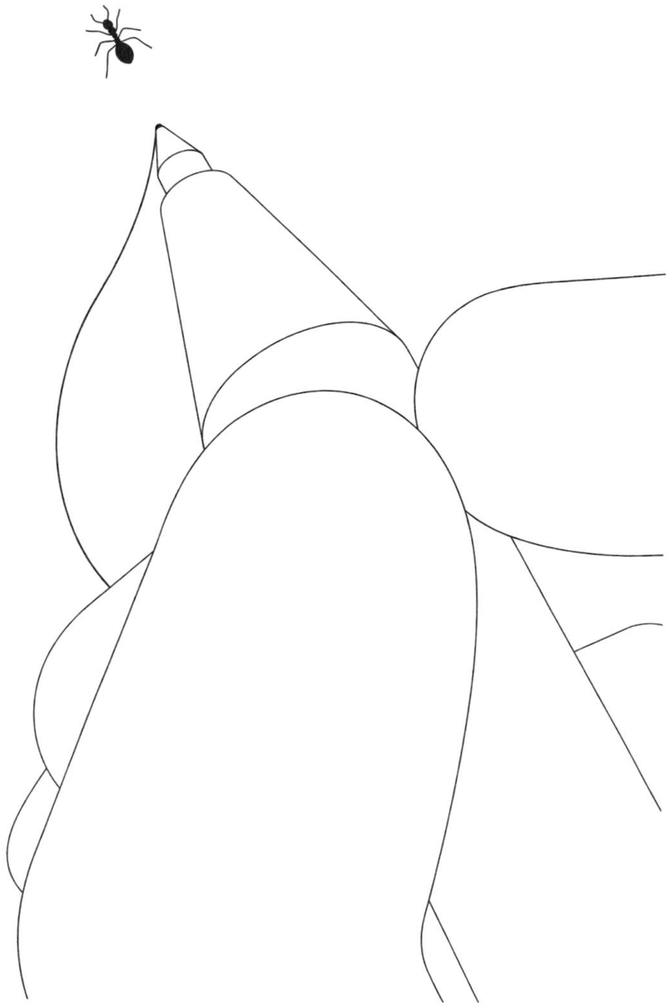

Ant 螞蟻

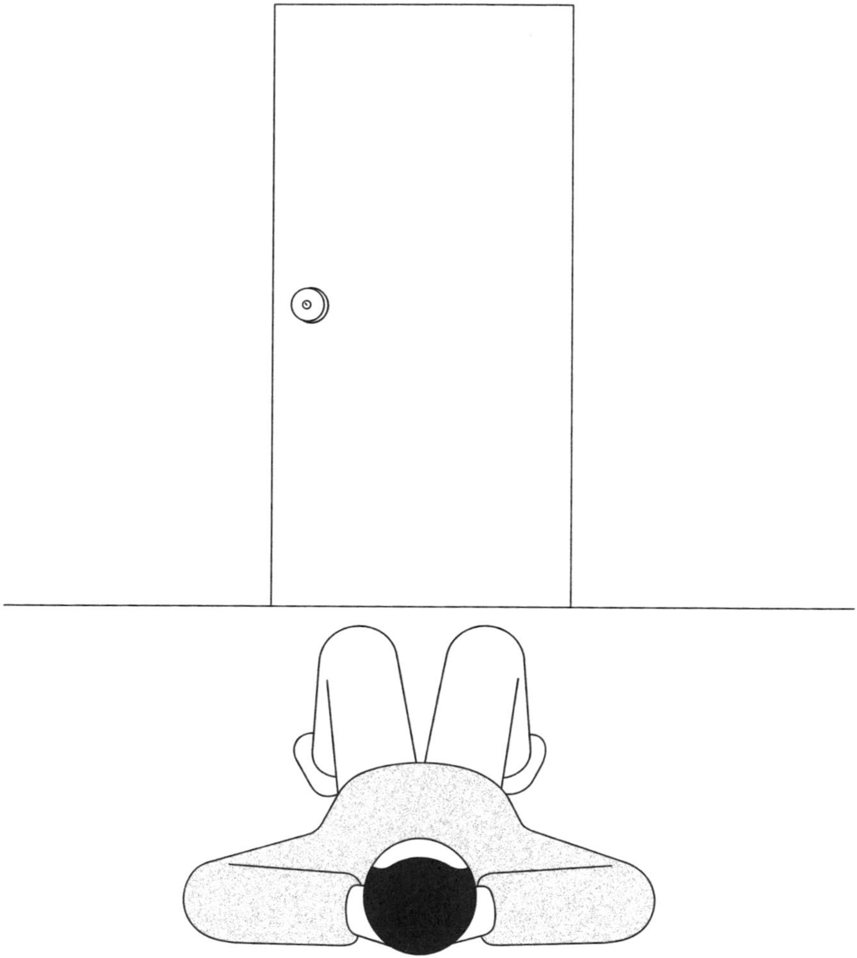

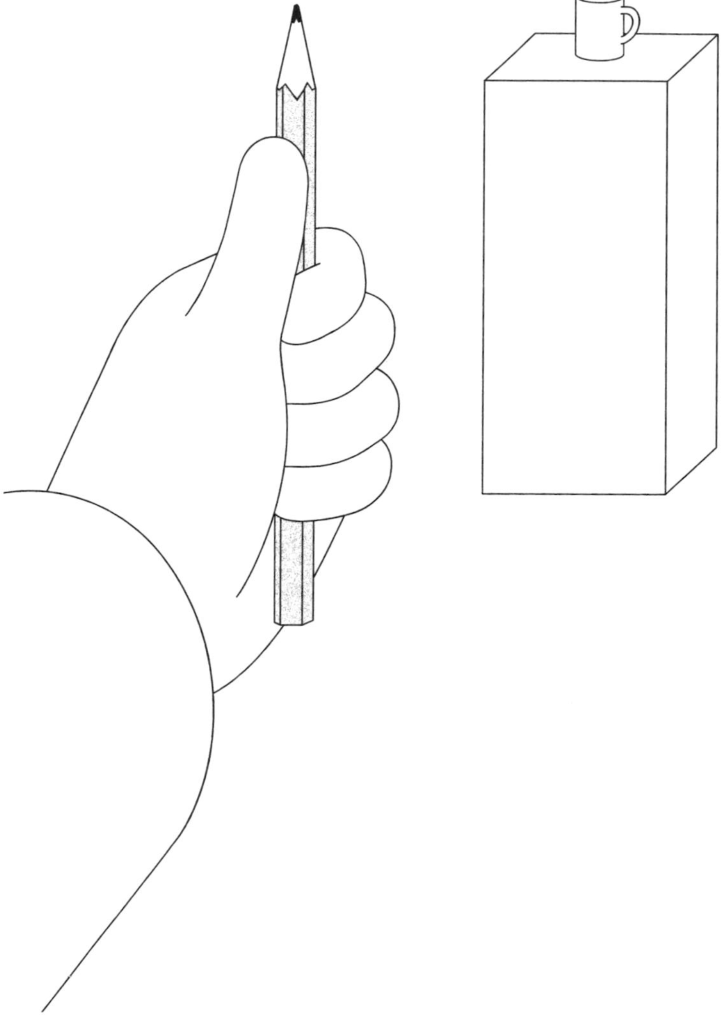

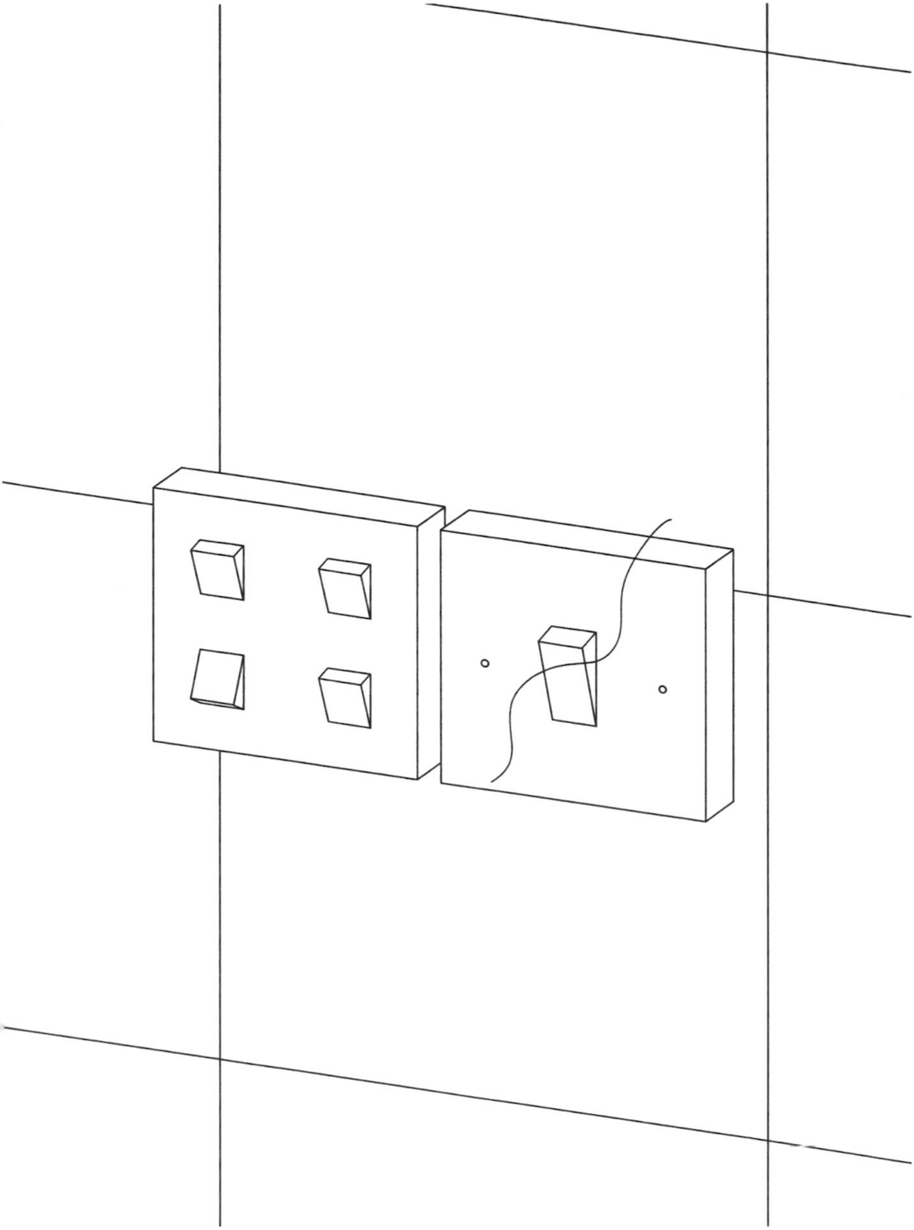

Hair 毛

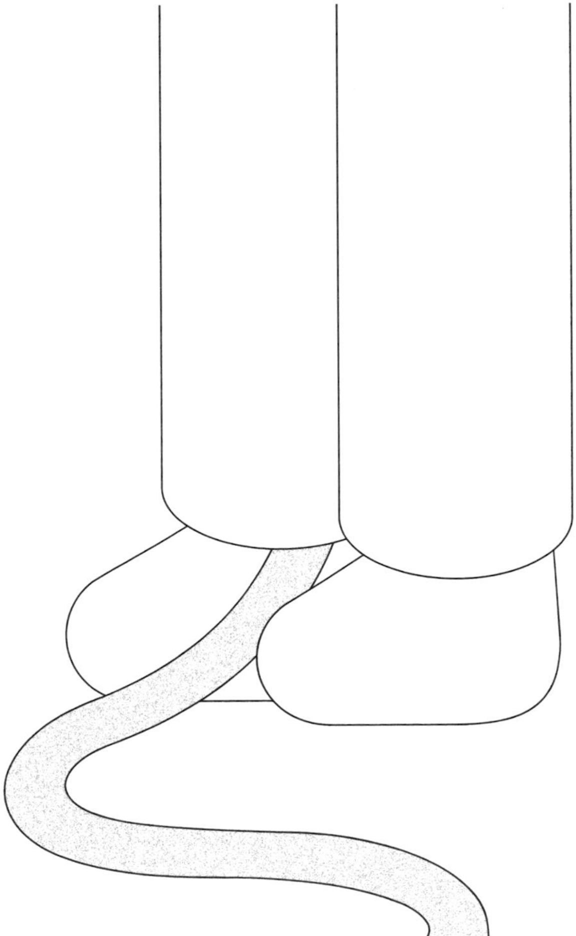

Snake 蛇

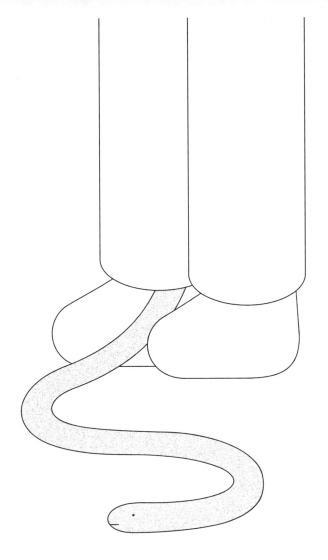

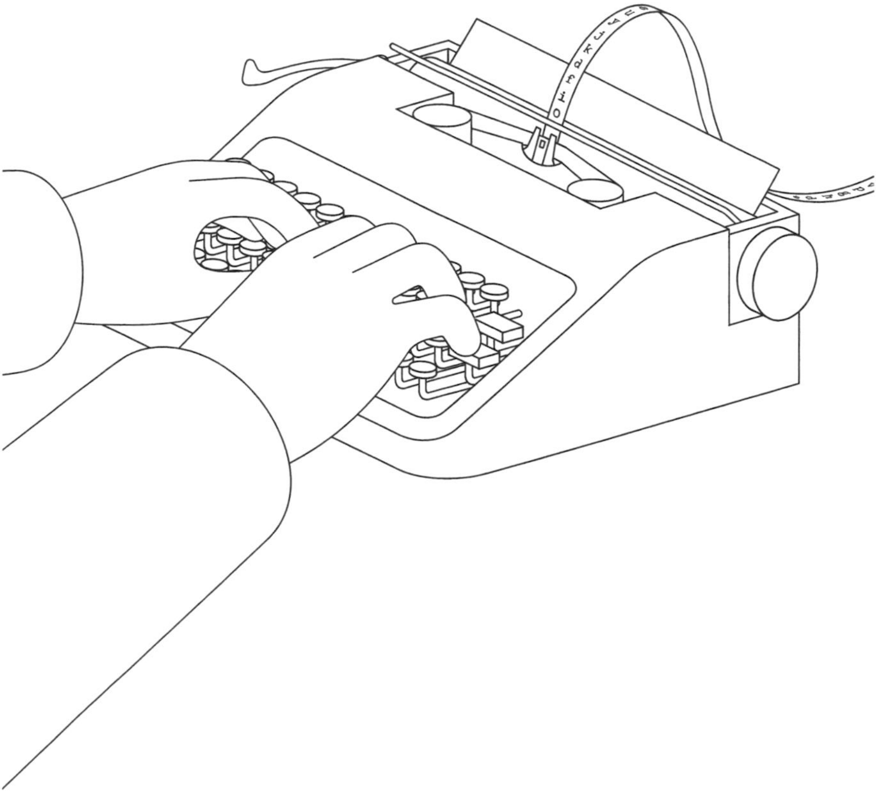

Bottleneck 瓶頸

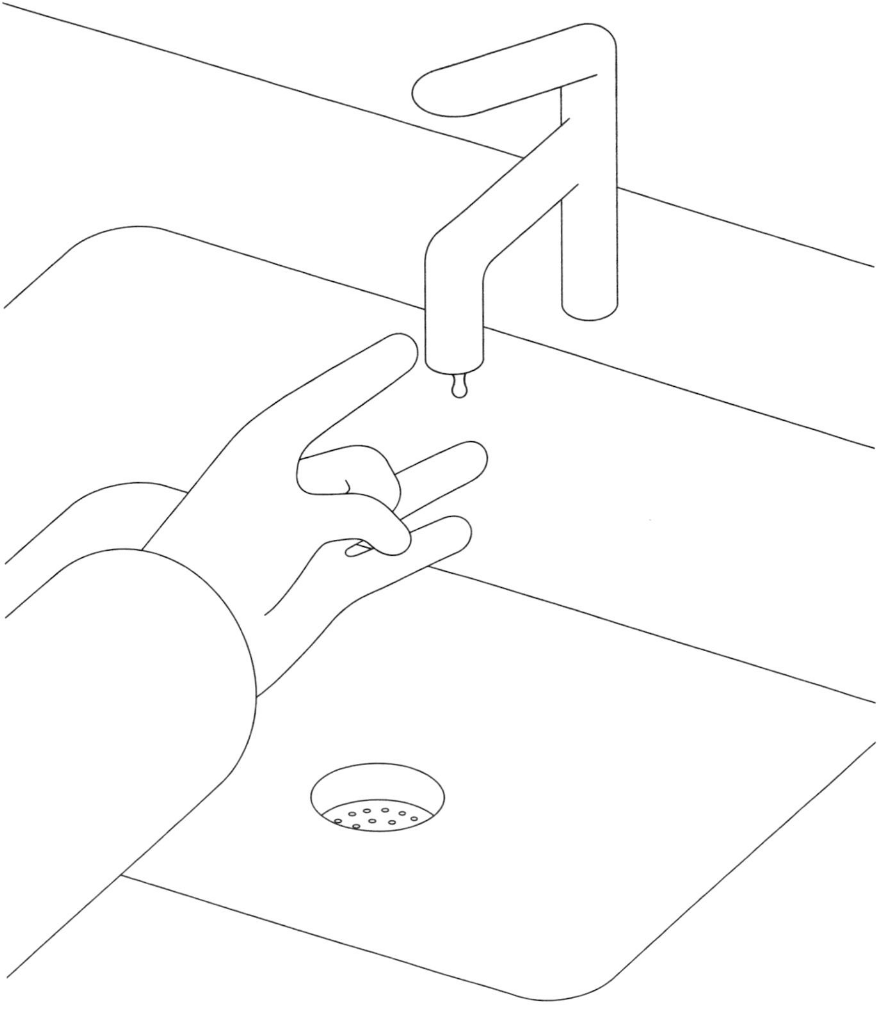

Water Drop　水滴

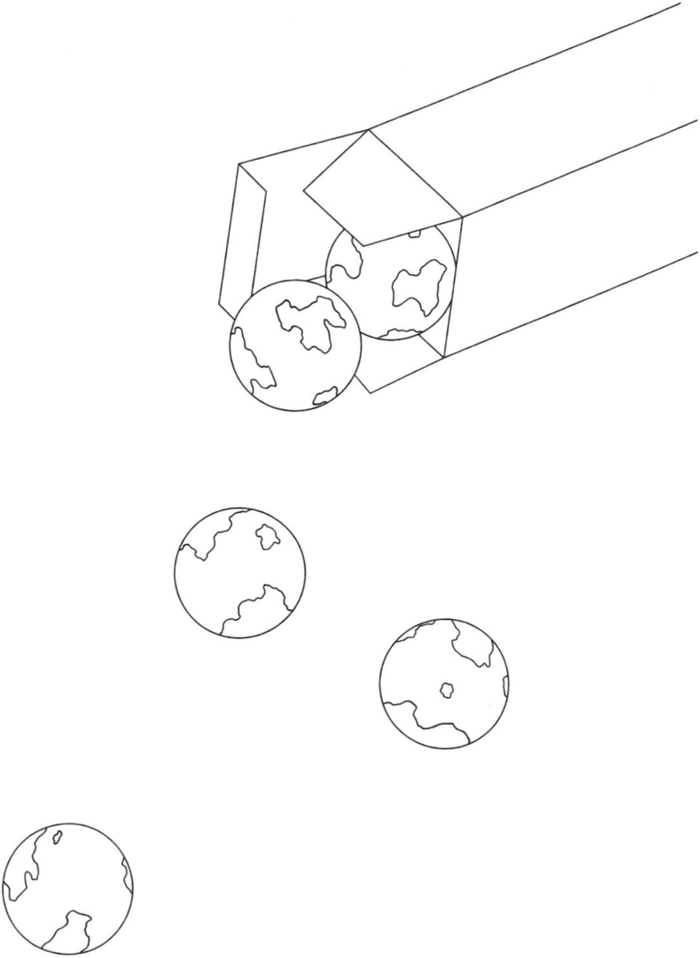

Earth　地球

Bonfire 篝火

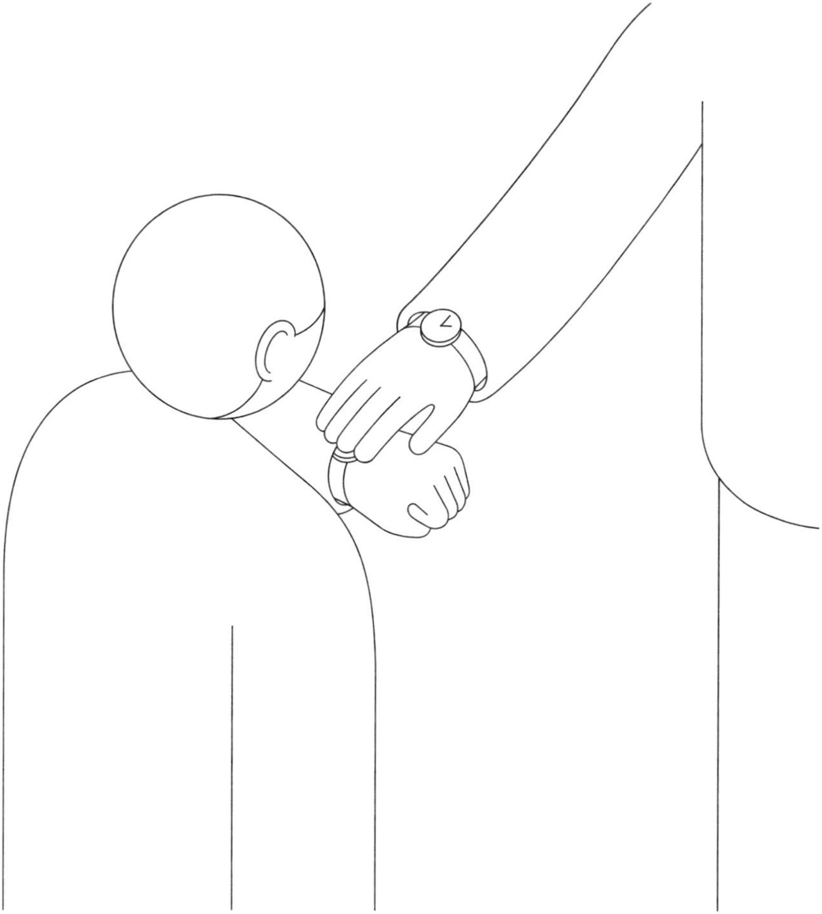

Time 時間

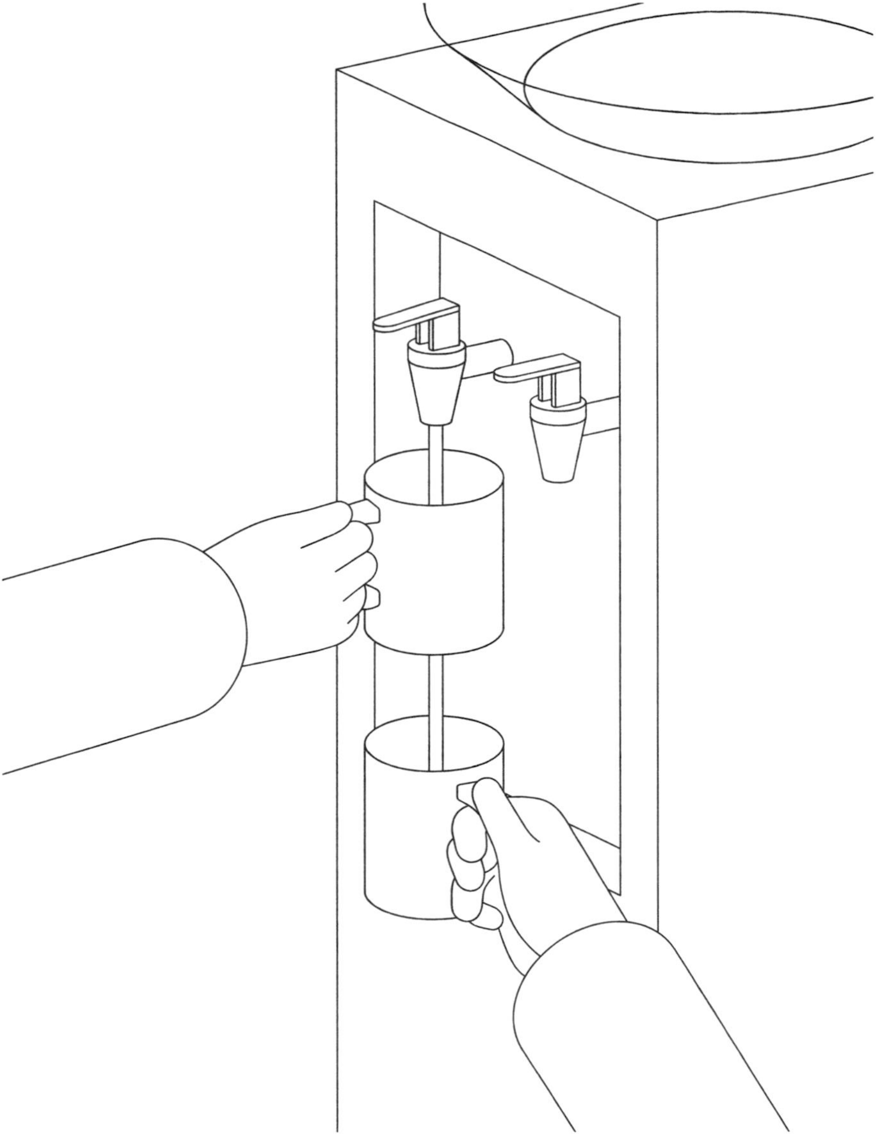

Water　倒水

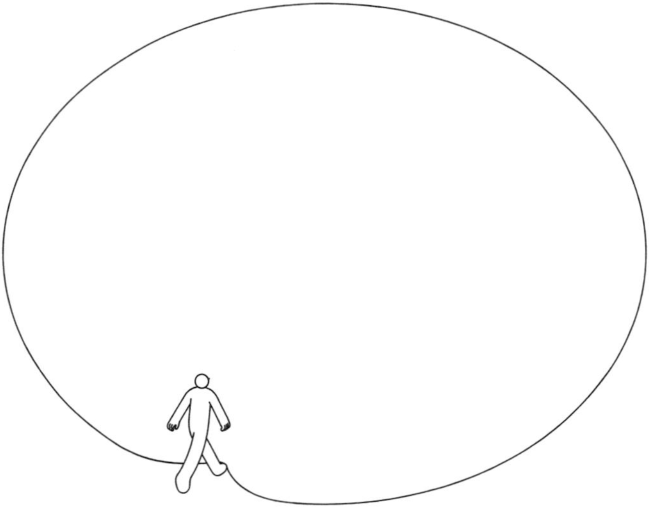

Into 進入

**我是白　WOSHIBAI**

我是白是生活在上海的插畫師與漫畫家。大部分作品是單色的，極簡而專注，在單幀和多幀之間跳躍，能夠以令人印象深刻的輕鬆構建敘事。曾為《紐約客》、《彭博商業周刊》、Chanel 和西岸美術館等知名媒體或品牌繪製作品。

2017 年開始創作漫畫，並通過社交媒體發表作品。已出版漫畫作品集《20KM/H》，目前已有四種語言版本，分別是：臺灣（鯨嶼文化）、比利時 (l'employé du moi)、加拿大 (Drawn and Quarterly)，以及中國（書名：《遊戲》）。

Instagram: @woshibaii　Twitter: @woshibai

WANDER 009——**物體劇場** OBJECT THEATRE

**作者**——我是白 Woshibai　**社長暨總編輯**——湯皓全　**設計**——鄧彧 tengyulab.com

**出版**——鯨嶼文化有限公司　**地址**——231 新北市新店區民權路 108-3 號 6 樓

**電話**——(02) 22181417　**傳真**——(02) 86672166

**電子信箱**——balaena.islet@bookrep.com.tw

**發行**——遠足文化事業股份有限公司【讀書共和國出版集團】

**地址**——231 新北市新店區民權路 108-2 號 9 樓

**電話**——(02) 22181417　**傳真**——(02) 86671065

**電子信箱**——service@bookrep.com.tw

**客服專線**——0800-221-029

**法律顧問**——華洋法律事務所 蘇文生律師　**印刷**——勁達印刷有限公司

**初版**——2023 年 9 月　**定價**——420 元

ISBN——978-626-7243-35-0

EISBN——978-626-7243-37-4 (EPUB)

EISBN——978-626-7243-36-7 (PDF)

以下作品原載於杭州天目美術館開館展《從無到有》刊物《無謂練習》：〈Go 下棋〉、〈Filter 過濾〉、〈Ant 螞蟻〉、〈Warm Up 熱身〉、〈Sketch 寫生〉